Bianca

LAS CARICIAS DEL JEQUE

Susan Stephens

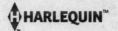

HARLEQUIN

Editado por Harlequin Ibérica.
Una división de HarperCollins Ibérica, S.A.
Núñez de Balboa, 56
28001 Madrid

© 2018 Susan Stephens
© 2019 Harlequin Ibérica, una división de HarperCollins Ibérica, S.A.
Las caricias del jeque, n.º 2691 - 3.4.19
Título original: Pregnant by the Desert King
Publicada originalmente por Harlequin Enterprises, Ltd.

I.S.B.N.: 978-84-1307-724-6
Depósito legal: M-5546-2019
Impresión en CPI (Barcelona)
Fecha impresion para Argentina: 30.9.19
Distribuidor exclusivo para España: LOGISTA
Distribuidor para México: Distibuidora Intermex, S.A. de C.V.
Distribuidores para Argentina: Interior, DGP, S.A. Alvarado 2118.
Cap. Fed./Buenos Aires y Gran Buenos Aires, VACCARO HNOS.

Capítulo 1

NUNCA antes un café en la cafetería de al lado de la lavandería en la que trabajaba le había provocado tal subidón de energía. Durante el descanso para comer, mientras guardaba fila detrás de un imponente Goliat de hombros anchos, el pulso se le aceleró. Era imposible no fijarse en aquel hombre. Estaba muy bronceado, y no pudo evitar imaginarse revolviéndole el pelo, negro y rizado. Llevaba una chaqueta corta y arrugada que parecía diseñada para dejar ver su trasero y sus largas y fornidas piernas. Era tan atractivo que por primera vez en su vida se sintió aturdida. Ella era blanco de las revistas femeninas, siempre pensando en perder peso, algo que conseguiría en cuanto superara su adicción al chocolate.

−¿Quiere pasar delante de mí?

A punto estuvo de desmayarse cuando se dio la vuelta.

−¿Me lo dice a mí? −preguntó en cuanto su cerebro volvió a ponerse en marcha.

Era una pregunta absurda, teniendo en cuenta que aquellos devastadores ojos negros estaban clavados en los suyos. Era la mirada más penetrante que le habían dirigido nunca. Había muchas clases de ojos, algunos muy bonitos, pero aquellos eran impresionantes.

−Sigan avanzando, por favor, hay gente esperando a que le sirvan.

Aturdida por el bramido de la mujer del otro lado

del mostrador, Lucy avanzó en la fila y, al hacerlo, fue a darse con Goliat.

–Creo que debería sentarse antes de que provoque un accidente en cadena –le advirtió divertido.

La fuerza de sus grandes manos sujetándola unida a su voz profunda, grave y con un misterioso acento, nublaron su mente.

–Venga –añadió mientras ella lo miraba paralizada–, yo me ocuparé de las bebidas mientras usted busca mesa.

–¿Lo conozco?

–Creo que no –contestó él–. ¿Café, té, chocolate? ¿Quiere también algo de comer?

La gente se había girado para mirar. Un par de conocidas de Lucy, asintieron con la cabeza y le hicieron el gesto del pulgar hacia arriba. No quería provocar un caos. Aquella era una cafetería de mala muerte. Tampoco quería salir corriendo y darle a aquel hombre la impresión de que se sentía intimidada. ¿Quién era? Solo había una manera de averiguarlo.

–Un café estaría bien, gracias. Con leche desnatada, por favor.

Cuando el hombre se volvió para pedir las bebidas, ella se dio cuenta de que mucha gente miraba en su dirección. ¿Sería alguien famoso? ¿Debería conocerlo? Si leyera más la prensa... Tal vez había pasado por la lavandería cuando ella estaba en la trastienda. Nadie olvidaría una cara así. Podía pasar por un marinero a la vista de su bronceado y su fortaleza física, pero por la seguridad con la que se desenvolvía y por su atuendo informal a la vez que elegante, no se lo imaginaba como miembro de una tripulación.

–Cuando quiera –le dijo mientras esperaba a que preparasen sus cafés–. La mesa –le recordó–. Apenas hay libres. Será mejor que vaya a buscar una.

–Sí, señor –dijo haciendo un saludo militar después de percibir su olor a jabón.

Se fue a buscar una mesa, a pesar de que no le agradaban los tipos autoritarios. Pero a aquel hombre lo salvaba aquella sonrisa que asomaba en sus ojos oscuros. Sospechaba que la empleaba a menudo, pero estaban en una cafetería concurrida y poco podía pasar mientras tomaban un café. Podía concederle cinco minutos para ver cómo era. Sus compañeras de la lavandería siempre decían que nunca ocurría nada emocionante, así que al menos tendría algo que contarles cuando volviera al trabajo.

Llevaba mucho tiempo escondiéndose.

Se estremeció ante aquel pensamiento repentino. Los recuerdos de su padrastro cruel y abusivo la asaltaron. El segundo esposo de su madre era el líder de una banda criminal formada por matones despiadados. Por suerte, estaba en la cárcel. Lucy había dejado su casa ante la insistencia de su madre para ocultarse de la desagradable y continua atención de los esbirros de su padrastro. Había sido muy afortunada al encontrar buenos amigos en King's Dock.

Mientras se paraba a saludar a unos conocidos, miró hacia el hombre y lo vio pagando sus bebidas y las de una pareja de ancianos. Lo siguiente sería encaramarse a un árbol para salvar a un gato, pensó Lucy sonriendo mientras atravesaba la cafetería hacia ella. Tenía que dejar de pensar mal de los hombres. No todos eran malos.

–¿Le pasa algo? –preguntó su nuevo amigo, frunciendo el ceño.

–Nada –contestó, consciente de toda la atención que estaba recibiendo.

Tanto él como su padrastro eran hombres corpulentos y fuertes, pero ahí acababa todo parecido. Su padrastro era un tipo despiadado, una cualidad que no se apreciaba en aquel hombre. Si los ojos eran el espejo del alma, estaba a salvo; no había maldad en ellos.

Solo calidez, pensó Lucy entre emocionada y divertida mientras la invitaba a sentarse.

–¿O va a quedarse ahí todo el día, bloqueando el pasillo?

Viéndolo arquear la ceja a la vez que le sonreía, le resultó imposible no contestar.

–¿Quiere quedarse conmigo? –lo dijo invitándolo, una vez se hubo sentado.

Tuvo que mover la mesa para dejarlo pasar. Se le podía describir como un tipo grande y ella no era precisamente menuda. Aunque fuera un seductor y ella su último objetivo, no tenía ningún inconveniente en tomar una taza de café con él. La gente la conocía allí y podría irse en el momento en el que quisiera.

El día estaba resultando mejor de lo esperado, pensó Tadj mientras estudiaba a aquella exuberante mujer que tenía sentada frente a él. Tenía unos pechos magníficos que ni siquiera la ropa de invierno podía ocultar. Pero no era eso lo que más le llamaba la atención, sino su elegancia natural y su sencillez. Era un agradable cambio respecto a las mujeres que solían merodear a su alrededor con la esperanza de llegar a ocupar el puesto de esposa o, al menos, de amante.

Había estado paseando por el muelle, haciendo tiempo para la fiesta que aquella noche daba su amigo el jeque Khalid en su yate, el *Sapphire*. Estaba disfrutando de la agradable sensación de mezclarse con la gente del muelle como si fuera un visitante más de aquel lujoso puerto y olvidarse del revuelo que se formaba a su paso por ser el emir de Qalala. Era una novedad pasar un rato con una mujer que no parecía saber quién era y que, incluso aunque lo supiera, probablemente le daría igual. Tenía pensado quedarse a pasar la noche en el *Sapphire*, y una cama desconocida siempre resultaba más acogedora con una agradable compañía al lado.

O debajo.

–¿Seguro que va todo bien? –preguntó ella, mirando a su alrededor–. Parece que todo el mundo está pendiente de usted. ¿Debería conocerlo?

–Ahora me conoce. Y, contestando a su pregunta, sí, todo va bien.

–No ha contestado a mi pregunta.

–Tiene razón –convino él.

Un silencio tenso se hizo entre ellos. Había sentido su presencia antes de verla en la cafetería. Tenía un sentido muy desarrollado en lo que a mujeres se refería y desde el primer momento se había sentido intrigado con su aspecto delicado y su bonita y voluptuosa figura. No se sentía intimidada por él, lo que aumentaba su encanto. Abultaba la mitad que él y era un poco más joven, aunque su personalidad compensaba su falta de experiencia.

–¿Está bueno el café? –preguntó ella, rompiendo el silencio.

–Excelente –murmuró, sosteniéndole la mirada hasta hacerla sonrojarse.

En el ejercicio de sus funciones como gobernante de uno de los más países más ricos del mundo, conocía a muchas mujeres, pero apenas reparaba en ellas. Ninguna tenía aquel encanto innato. Estudió su ropa y el cuerpo que ocultaba. Llevaba un abrigo sencillo desabrochado sobre un jersey de algodón ceñido que incitaba a cubrirla con mejores tejidos. Otra tentación era aceptar el reto de aquella mirada desafiante antes de llevarla a lo más alto de la cumbre del placer.

–De veras que no hacía falta –dijo ella, mientras le pedía a la camarera que les rellenara la taza.

–Quería hacerlo –replicó, sosteniéndole la mirada.

–¿Siempre consigue lo que se propone?

–La mayoría de las veces –admitió.

Solo tuvo que levantar la ceja para adivinar lo que estaba pensando.

–Me llamo Lucy, Lucy Gillingham.

Aquel nombre no le decía nada, pero tomó nota mental para pedirle a su equipo de seguridad que la investigara.

–Cuidado –le advirtió al ver que iba a dar otro sorbo al café–. Está caliente.

–Siempre soy cuidadosa –dijo con una expresión burlona que no le dejó ninguna duda de que no iba a ser una presa fácil.

Unos bonitos ojos verdes perforaron los suyos. Unas densas pestañas negras enmarcaban su expresiva mirada, añadiendo un toque felino a lo que ya era una hermosa envoltura.

–Lo siento –dijo ella apartándose y se sonrojó cuando sus rodillas se rozaron.

–No pasa nada –murmuró él, estirando sus largas piernas entre las de ella.

Aunque no la tocó, su rubor se intensificó al reparar en la cercanía a la que les obligaba aquella mesa estrecha.

–Tiene un pelo muy bonito –dijo para distraerla.

–Y usted tiene los pies muy grandes –comentó, cambiando de postura para evitar que se tocaran.

Lucy llevaba el pelo muy corto, en consonancia con su fuerte personalidad. Era castaño rojizo, un color que le recordó al otoño en su casa de campo inglesa cuando las hojas tomaban el color del las llamas del fuego. Era una mujer ardiente. Seguramente sería increíble en la cama.

–Bueno, ya me siento mejor –afirmó después de dar cuenta de su café–. No puedo hacer nada sin antes haber tomado un café. ¿Y usted?

–Hay cosas que se me dan muy bien.

Ella se sonrojó. Hacía mucho tiempo que no disfrutaba tanto.

¿Cómo podía resultar tan peligroso hablar de café? Lucy solía pasar mucho tiempo soñando despierta, pero nunca había imaginado una situación así. Si prestara más atención a los cotilleos, tal vez sabría quién era aquel hombre tan misterioso.

–Es nuevo por aquí, ¿verdad? –terció, en un intento por sonsacarle información.

–¿Otro café?

–Sí, por favor.

Mientras lo observaba volverse para hablar con la camarera, su mente se llenó de imágenes en una playa de arena blanca tomando una refrescante bebida exótica junto a aquel hombre misterioso como preludio de buen sexo.

–¿Pasa algo? –preguntó al verla fruncir el ceño.

–Sí, claro que pasa algo. No sé cómo se llama y yo ya le he dicho mi nombre. ¿Acaso tiene algo que ocultar?

Él rio y su rostro se iluminó. Aquellas finas líneas alrededor de sus ojos y sus impecables dientes blancos le conferían un aire muy atractivo. Los pezones se le endurecieron sin que ni siquiera se los hubiera rozado.

Estaba lo suficientemente cerca como para percibir su aliento y su barba incipiente. Era un tipo muy guapo, con aquellos increíbles ojos negros clavados en ella.

–Me llamo Tadj, y tutéame.

–Ah, como el Taj Mahal –dijo ella, relajándose.

–Tadj con d –puntualizó.

–Supongo que te lo habrán dicho muchas veces –comentó, ruborizándose de nuevo.

–Algunas.

Aquella sonrisa arrebatadora había vuelto a sus labios, pero se limitó a mirarlo indiferente. Con sus rizos oscuros cayéndole alrededor del rostro, suponía que debía de estar acostumbrado a ser el centro de atención. No quería mostrarse interesada, aunque no pudo evitar preguntarse cómo se sentiría aquella incipiente barba oscura sobre su piel. Se imaginó sus generosas curvas acoplándose contra su cuerpo musculoso y tuvo que cambiar de postura en el asiento.

–Tadj –repitió ella para distraerse–. Estupendo.

Seguía observándola con aquella expresión divertida, lo que le trajo a la cabeza una fantasía. Su cuerpo desnudo, cubierto de caliente chocolate fundido y dispuesto para que él se lo lamiera.

–De acuerdo, Tadj con d, ahora ya sé cómo te llamas, pero no sé a qué te dedicas.

–Cierto, no lo sabes.

–Qué reservado eres –comentó entornando los ojos–. Te advierto que soy muy curiosa.

–Y yo muy reservado –replicó con mirada ardiente.

Ambos rieron y el ambiente se relajó.

–¿Y...? –preguntó ella, la taza a medio camino de sus labios.

–¿Y qué? ¿Qué quieres saber?

–¿Todo?

–No tenemos tiempo.

–¿Debería preocuparme de que seas tan evasivo?

–¿Aquí? –dijo él mirando a su alrededor–. Probablemente no.

Quizá más tarde, pensó ella, pero enseguida apartó aquella idea de su cabeza y decidió buscar otra vía para sonsacarle información.

—¿Qué te trae a King's Dock?

—Amigos y negocios.

—Qué intriga.

—No tanto —dijo, echándose hacia atrás en su asiento—. King's Dock es un buen lugar para reunirse, eso es todo —añadió y arqueó una ceja, como si estuviera retándola para que le hiciera más preguntas.

—Entonces debo de estar reteniéndote —replicó y tomó su bolso.

—No —dijo relajado, manteniendo aquella mirada de depredador a punto de saltar sobre su presa.

Mientras se miraban el uno al otro, Lucy sintió un escalofrío recorriendo su espalda. Era evidente que aquel hombre se lo estaba pasando bien. Ella también, mucho más de lo que sería prudente.

—Me has obligado a sentarme y me has invitado a un café, así que ahora tienes que pagar el placer de mi compañía con información.

Pocas mujeres lo habían hecho reír tanto como Lucy. Su irreverencia y simpatía eran parte de su encanto.

—¿Eso piensas? No me vas a convencer —le advirtió al verla poner una mueca de decepción.

—¿Por qué no? —protestó siguiendo en su misma línea—. ¿Acaso tu ocupación es información clasificada? Tal vez eres un agente secreto —especuló arqueando una de sus finas cejas.

—También puedo ser un hombre tomándose un café en una cafetería, perdido en sus pensamientos.

—Qué aburrido. Prefiero mi versión.

—Me dedico a temas de seguridad —admitió por fin.

Era verdad. Una de sus empresas se dedicaba a

velar por la seguridad de las personas más importantes del planeta. Como gobernante de un país, su mayor interés era contratar a los mejores.

—Ajá —exclamó Lucy y se echó hacia atrás en su asiento—. Ahora le veo el sentido.

—¿A qué?

—A tus evasivas. Supongo que te ocupas de la seguridad de uno de esos potentados grandes y gordos que van en yate —explicó, ladeando la cabeza hacia la ventana tras la que se veían una sucesión de imponentes barcos recortados contra el cielo plomizo—. ¿Qué tal es trabajar para ese millonario rico y misterioso?

Su ingenuidad era irresistible y su inocencia lo obligó a decir la verdad.

—Lo cierto es que soy uno de ellos.

—¿Un potentado grande y gordo?

—Pensé que los que te parecían grandes eran los yates —contestó Tadj, sonriendo.

—¿Hablas en serio, verdad? —dijo Lucy en un tono completamente diferente.

—Tu expresión no le hace ningún bien a mi ego —admitió.

—Bueno, eso cambia las cosas, no puedo evitar esta expresión.

—¿El que tenga dinero te hace cambiar tu opinión sobre mí?

Lucy volvió a fruncir el ceño.

—Todavía no me he formado una opinión de ti. No te conozco lo suficiente.

Él era el primero en admitir que el dinero le afectaba. Su difunto tío había saqueado las arcas de Qalala y se las había encontrado vacías al heredar el trono. Poco a poco había conseguido levantar un país en banca rota. Entonces, cuando todo había vuelto a una relativa calma, los padres de la chica a la que llevaba prometido desde su nacimiento le habían exigido que se casara con ella de inmediato. Le había costado un dineral resolver aquel asunto. Se había enfrentado a un matrimonio de conveniencia y aquella desagradable experiencia le había dejado la impresión de que era preferible tener una amante a una esposa. Algún día tendría que casarse para dar un heredero a Qalala tal y como la Constitución le exigía, pero aún no quería hacerlo. La idea de tener una amante en el ínterin acababa de tomar un fuerte y nuevo impulso.

Capítulo 2

SI TANTO dinero tienes... ¿Podría pedirte un préstamo? –preguntó con aquella expresión suya burlona.

Sabía que aquello era una broma, pero no pudo evitar considerar la posibilidad de que fuera como el resto de mujeres.

–Solo serían diez libras, hasta que me paguen el sueldo –añadió, pero fue incapaz de contener la risa–. Deberías ver tu cara –dijo echándose hacia atrás en su asiento.

Él se puso serio.

–Por esta vez, voy a dejar que te salgas con la tuya.

–¿Quieres decir que habrá una próxima vez? Eso es asumir demasiado, ¿no? ¿Cómo sabes que querré volver a verte?

Tadj sintió tensión en la entrepierna.

–Buena pregunta.

Con la barbilla apoyada en la mano, Lucy se quedó mirándolo fijamente de tal manera, que deseó ir vestido con ropa más suelta en vez de con vaqueros ajustados.

–Estoy segura de que diez libras no te suponen nada –insistió Lucy.

Él sacó la cartera.

–Ni se te ocurra –dijo ella rápidamente.

–¿Puedo invitarte al segundo café?

–*Touché*, pero no se te olvide una cosa, don Encargado de Seguridad: no quiero tu dinero. No quiero el dinero de nadie. Estoy bien como estoy. A ver, déjame contribuir. Guárdate el dinero para tu próxima aventura de cafetería.

–Dudo que vuelva a haber otra.

–¿Demasiado arriesgado tratar con extraños?

–Algo así –contestó Tadj.

Se quedó mirándola fijamente. No veía ninguna señal de que lo hubiera reconocido.

–Supongo que en el asunto de la seguridad hay que ser prudente.

–Me encargo de la seguridad de un país –explicó.

–Eso suena importante.

–Sí, podría decirse que sí –dijo él sonriendo.

–Debes de ser alguien muy poderoso. Pero se te ve muy normal.

Tadj contuvo la risa.

–Vaya, gracias.

–Bueno, ha estado muy bien –dijo ella y suspiró mientras recogía sus cosas–. Tengo que irme. Algunos tenemos que trabajar.

–Déjame que te acompañe. ¿Dónde trabajas?

No le apetecía que se fuera.

–En la lavandería *Miss Francine* –dijo con una nota de desafío.

Tadj lo entendía. Algunos de los ricos propietarios de yates eran unos auténticos esnobs.

–¿La lavandería del puerto? –preguntó, recordando haber visto el establecimiento durante su paseo.

–Sí –dijo ella, esbozando otra de sus divertidas muecas–. Hemos superado lo de ir a lavar al río.

–Ya. ¿Y de qué te ocupas en la lavandería?

–Del planchado y del acabado.

–¿Se te da bien?

–Puedes apostar que sí.

Tadj frunció los labios y Lucy rio.

–Lo siento –añadió ella, agitando con elegancia sus bonitas manos–, no pretendía molestarte. Es solo que algunos turistas que visitan King's Dock son unos auténticos idiotas y quería estar segura de que no fueras uno de ellos.

–Vaya.

–Mientras no seas uno de esos ricachones con nada mejor que hacer que malgastar su herencia, todo va bien.

–¿Te importa el dinero? –le preguntó mientras se habrían camino hacia la puerta de la cafetería abarrotada.

–A cualquier persona con cabeza le preocupa el dinero –contestó ella.

–Bueno, pues puedes estar tranquila. Todo el dinero que tengo lo he ganado yo. Lo único que he heredado han sido deudas.

–Tienes que tener algún fallo –dijo Lucy cuando alcanzaron la puerta–. Nadie es perfecto.

–Búscame defectos si eso es lo que quieres –la retó.

–¡En absoluto! ¿Y quién te dejó esas deudas? –le preguntó con la mano en la puerta–. ¿Algún familiar cercano?

–Mi tío.

Mientras hablaba y se hacía cargo de abrir la puerta, se dio cuenta de que nunca había sido tan franco con nadie y menos con alguien a quien acabara de conocer.

–Así que has saldado las deudas de tu tío como si de una cuestión de honor se tratara –aventuró Lucy al salir al ambiente gélido del exterior.

Tadj se encogió de hombros y recordó cuando el futuro de Qalala había dependido de un rescate financiero y la suerte que había tenido de haber hecho fortuna gracias a la tecnología. Eso le había permitido mejorar el destino de su gente y salvar las minas de zafiro que su tío había estado saqueando durante años.

–Digamos que mi tío estuvo a punto de arruinar el negocio familiar –dijo él mientras caminaban.

–Y tú lo evitaste.

–Tienes mucha fe en un hombre al que acabas de conocer.

Sus impresionantes ojos verdes le dirigieron una penetrante mirada.

–No me pasa con todo el mundo.

Por una extraña razón, a él le ocurría lo mismo y quería contarle más acerca de la historia de su país y de la pasión que sentía por Qalala. Conocer a Lucy había resultado ser un golpe de suerte. Era una cuestión de Estado que tomara una esposa y el consejo insistía en que lo hiciera, mientras que tener una amante como Lucy solo dependía de él.

–Bueno, y ahora que ya sabes algo sobre mí, ¿qué más quieres?

–Descubrir más de ti –respondió ella.

–En otro momento –le propuso al llegar al puerto.

–Otra vez sales con lo mismo. Eso supondría volver a vernos otra vez –dijo mirándolo de reojo– ¿De dónde eres? No se te ve pálido, así que supongo que de algún sitio cálido que...

–De un sitio lejano.

–Venga, don Encargado de Seguridad, cuéntame más.

–¿Para poder contárselo a tus amigas?

–¿Es que no puedo sentir interés?

No podía hablarle de los millones que había ganado con las tecnológicas. Saldría huyendo. Lucy no era una mujer a la que le impresionara el dinero y quería tenerla cerca un poco más. No podía hablarle de su fama de playboy, de cómo sus súbditos, pisoteados por su tío, no habían esperado nada de él. No habían sabido ver en él su vocación de servicio y, en cuanto se había presentado, había aprovechado la oportunidad de servir al país. Aprovechando su olfato empresarial, había transformado Qalala y estaba dispuesto a anteponer el país a sus propios intereses.

—Y tú me acusas de soñar despierta.

Tadj entrelazó su brazo al de ella mientras cruzaban la calle. Fue un gesto que le salió con la misma naturalidad que el respirar.

Era guapo y ella estaba entusiasmada. Tenía que ser un bloque de madera para no sentirse afectada por la fuerza con la que la había tomado del brazo o por aquellos bonitos ojos que habían mirado a un lado y a otro antes de cruzar. Era tan fuerte, alto y bronceado que era una sensación maravillosa caminar a su lado del brazo.

—¡Cuidado! —exclamó él cuando, distraída, había estado a punto de tropezar con el bordillo.

Al sujetarla con fuerza, sus rostros quedaron muy próximos, y Lucy tomó la decisión de descubrir la verdadera identidad de Tadj en cuanto volviera a la lavandería. Alguien tenía que saber algo. Los cotilleos proliferaban en King's Dock y se extendían como la pólvora. Era imposible que un hombre como Tadj pasara inadvertido. Sus compañeras tendrían detalles jugosos y probablemente ya sabrían que había estado tomando café con él.

—Me temo que aquí nos separamos —dijo ella al llegar a su trabajo.

—¿Tú, temiendo algo? —preguntó burlón—. Esas dos cosas no casan.

—No soy una cosa —replicó ella, sintiendo la intensidad de su mirada—. Y no te tengo miedo —añadió.

–Me alegro mucho de oír eso.

Todo en aquel encuentro le resultaba novedoso. Nunca se había divertido tanto con un hombre. Lo cierto era que nunca se había divertido tanto. Era una lástima que no volvieran a verse nunca más.

–¿Tienes que volver al trabajo? –preguntó él frunciendo el ceño.

Lucy sintió que el pulso se le aceleraba. Así que él también había sentido la química.

–Sí –respondió, siguiendo su instinto de no ponerle las cosas demasiado fáciles–. Quizá en algún otro momento...

–¿Cuándo?

No esperaba que fuera tan directo.

–Pronto –dijo sintiendo que el corazón se le salía del pecho–. Me gustaría –añadió con franqueza–. Y no hace falta que me acompañes hasta la puerta.

–Pero insisto.

–¿Siempre te sales con la tuya?

–Siempre –afirmó con una rotundidad que hizo que Lucy sintiera un cosquilleo en el vientre y sus pezones se endurecieron al instante.

–Gracias por el café –dijo ella al llegar a la lavandería.

–Dime una cosa antes de irte –insistió él.

Lucy miró la mano que la sujetaba del brazo y Tadj la soltó.

–Está bien –convino ella.

–¿Qué harías si tuvieras todo el dinero del mundo?

Ni siquiera tuvo que pensarlo.

–Compraría aparatos nuevos para la lavandería y obligaría a la señorita Francine a tomarse unas vacaciones. ¿He dicho algo divertido? –preguntó frunciendo el ceño.

–Supongo que lo que esperaba de ti.

El corazón de Lucy latió más deprisa aún al ver sus magníficos y anchos hombros encogiéndose.

–Tu deseo es muy encomiable –añadió él, dirigiéndole una mirada cálida y divertida.

–Pero no eres el genio de la lámpara –observó ella.

–Podría ser...

–Esta vez no –lo interrumpió.

Mientras hablaba, rebuscó en su bolso.

–¿Qué estás haciendo? –le preguntó Tadj, frunciendo el ceño al verla sacar la cartera.

–Pagar por mi café. No me gusta deberle nada a nadie y bastantes problemas tienes ya por lo que me has contado. Habría pagado en la cafetería, pero te adelantaste. Toma –insistió, dándole unos billetes.

–Lo dejaré de propina para los camareros en mi camino de vuelta.

–Un punto a tu favor –dijo ella en tono aprobador–. Bueno, no quiero llegar tarde a trabajar.

–No olvides que esta noche...

–¿Esta noche? –lo interrumpió.

–Cuando nos volvamos a ver.

–No estoy muy segura de eso. Tengo que estudiar cuando acabe de trabajar.

–¿Estudiar el qué? –insistió y frunció el entrecejo.

–Historia del Arte. Mi sueño es llegar a ser algún día comisaria o restauradora –explicó.

–¿Quieres trabajar en museos y galerías de arte?

–Exactamente.

Tadj se quedó mirándola fijamente durante largos segundos.

–¿Algo más?

–Ya te avisaré si se me ocurre algo –respondió Lucy, con la vista puesta en el interior de la lavandería.

–No quiero entretenerte, solo una cosa más.

–¿De qué se trata?

–Ponte un vestido de fiesta esta noche.

–Ya te lo he dicho, no voy a salir esta noche.

–Pero tienes que asistir a la fiesta.

–No, no tengo por qué –replicó ella, disfrutando con aquel juego.

¿Cómo no hacerlo cuando los ojos negros de Tadj la miraban divertidos?

–Claro que sí –insistió, poniéndose serio.

–¿Contigo? ¡Desde luego que no! –exclamó, deseando alargar el momento de la despedida.

–A bordo del *Sapphire*.

–Me tomas el pelo. No puedo resistirme a una invitación así.

–Bien.

Tadj apretó los labios y Lucy no pudo evitar imaginarse la sensación al besarlos.

–Mi amigo el jeque Khalid da una fiesta esta noche y quiero que vengas conmigo. No se me ocurre a nadie mejor con quien ir. Al menos nos echaremos unas risas. ¿Qué me dices?

El corazón le latía con fuerza y alzó la barbilla para enfrentarse a aquella mirada peligrosa.

–¿No tienes nadie con quien reír? –preguntó ella, considerando las consecuencias si aceptaba su invitación.

¿Una fiesta glamurosa a bordo de un yate que incluso podía salir a navegar en un momento dado? Por muy atractivo que encontrara a Tadj, o tal vez precisamente por eso mismo, su lado más sensato le advertía que fuera precavida.

–En este momento estoy cansado de salir con mujeres –dijo con una expresión un tanto cínica que sugería que ese podía ser precisamente el caso–. Y no me entusiasma la idea de que alguien me aburra hasta la saciedad tratando de averiguar si somos compatibles.

–Es un buen plan. Pero ¿por qué yo? Seguro que hay un montón de mujeres mucho mejor cualificadas como acompañantes que yo.

–¿Cualificadas en qué sentido? –preguntó Tadj, fingiendo estar sorprendido.

–Debe de haber muchas mujeres a las que les encantaría asistir a esa fiesta.

–Nadie con tus cualidades –le aseguró.

–Me gustaría saber cuáles son –dijo frunciendo el ceño.

–Las iremos descubriendo según avance la noche –le prometió.

–Pero como no voy a ir a la fiesta...

–Esas cualidades excepcionales te van a obligar a asistir –insistió él–. No podrás resistirte.

Lucy pensó que tal vez tuviera razón.

–Continúa.

–Tienes un trabajo en el que conoces a gente normal a diario. Te interesan las personas y las cosas, y tienes una visión peculiar de lo que ves.

–Has descubierto mucho sobre mí en poco tiempo.

–Lo que quiero decir es que eres una persona auténtica y eso me gusta. No sabes lo raro que es encontrar a alguien así.

Lucy se quedó pensativa.

–Eres muy persuasivo –dijo al cabo de unos segundos.

Tadj no estaba dispuesto a darse por vencido.

–Serás mi invitada de honor esta noche.

–Prefiero eso que ser humillada. Y guarda eso –añadió al verlo sacar la cartera.

–Para el vestido que te pondrás esta noche –le explicó.

Ella frunció los labios. La estaba ofendiendo.

–Ni que estuviera en la miseria. Ya me las arreglaré.

–Entonces, ¿te parece bien?

Lo miró y dejó escapar un suspiro.

–Me has convencido.

–Solo una cosa más: no me hagas esperarte cuando te recoja esta noche.

–¿Me estás poniendo condiciones? Todavía puedo cambiar de opinión.

–Pero no vas a hacerlo.

–Será mejor que te ahorres esa sonrisa arrebatadora para alguien que sepa apreciarla –añadió Lucy en tono irónico.

–¿Alguien como tú? –sugirió, mirándola a los ojos.

–He cambiado de opinión. Estaría fuera de mi ambiente. Ha sido una locura decir que sí.

–Demasiado tarde. Ya hemos cerrado el trato.

–Claro que no –protestó Lucy–. Además, me vas a hacer llegar tarde a trabajar.

–Si llegas tarde al trabajo es por tu culpa, por tardar tanto en decir que sí a nuestra cita de esta noche.

–Por favor, aparta la mano de la puerta y déjame entrar.

–¿Y tu sentido de la aventura? –preguntó él sin moverse–. Esperaba más de ti.

–Tengo un gran sentido de la aventura –le aseguró Lucy–, y también mucho sentido común.

–Demuéstramelo.

–Lo haré rechazando la invitación de alguien a quien apenas conozco.

–Todas las relaciones tienen un principio.

Tadj estaba muy sexy apoyado contra la puerta. Si accedía a su propuesta, satisfaría la curiosidad de sus compañeras de trabajo sobre el *Sapphire,* y la suya propia sobre Tadj. Si decía que no, tal vez se arrepentiría el resto de su vida.

–No sé si quiero arriesgar mi reputación subiéndome esta noche a ese barco –dijo, manifestado en voz alta sus pensamientos.

–¿Tu reputación? –repitió Tadj divertido–. No sabía que eso estuviera también de oferta.

–Por supuesto que no –replicó dirigiéndole una mirada gélida.

–Lástima –murmuró él, sin poder disimular que aquella conversación le estaba resultando divertida.

–De acuerdo –afirmó Lucy–. He decidido ir a la fiesta.

–Excelente.

La sonrisa depredadora de Tadj hizo que un escalofrío se extendiera hasta sus zonas erógenas.

–Y nada de tiaras. Es una reunión informal.

–¿Entre multimillonarios?

–Entre tú y yo –la corrigió.

Lo único que tenía que hacer era reírse y atravesar la puerta para que su vida volviera a la normalidad. Claro que la normalidad podía ser aburrida y Tadj tenía razón acerca de lanzarse a la aventura, pero solo si ella ponía las condiciones de aquella aventura.

–No llegues tarde –le advirtió–. Hace frío por la noche, sobre todo parado en esta puerta.

Capítulo 3

QUÉ HABÍA hecho? ¿Cómo había permitido que la convenciera? Aquella ardiente mirada pícara clavada en la suya había tenido algo que ver, pensó Lucy y se miró al espejo mientras se arreglaba en el pequeño estudio en el que vivía encima de la lavandería. Además, no podía olvidar que solo se conocían del rato que habían tardado en tomarse un café. Pero no era el momento de reflexionar sobre por qué se sentía algo por alguien y no por otras personas. Había tomado la decisión de ir a la fiesta y no tenía intención de quedarse escondida en su habitación ni de pedirle a sus amigas que le dijeran a Tadj que se fuera cuando llegara. Sería fascinante descubrir cómo vivía la otra mitad de la población y contárselo a sus compañeras de la lavandería.

El único problema que le quedaba por resolver era decidir qué ponerse. Solo tenía un vestido apropiado, uno que se había comprado en rebajas, pero no estaba segura de que le favoreciera. Su pelo pelirrojo y las pecas no siempre quedaban bien con el rojo, sobre todo si la piel se tornaba azulada por el frío. Solo se lo había puesto una vez, para la fiesta de Navidad que habían organizado para la anciana propietaria de la lavandería. La señorita Francine se tomaba muchas molestias por ellas y era lo menos que podían hacer.

Tadj era mayor que ella y sofisticado, además de más rico, con lo que debía de gustarle que las mujeres vistieran ropa de marca. Lástima, pensó mientras tomaba el vestido de la percha. Había insistido en que lo acompañara, así que iba a tener que apañarse con el vestido por muy corto o ajustado que fuera.

Tadj debía de tener treinta y pocos años, calculó. Ella tenía veintitrés, y no era glamurosa ni sofisticada. Tampoco era una mujer de éxito... todavía. Pero tenía un techo bajo el que vivir, algo de lo que estaba muy orgullosa, y muy buenas amigas, lo cual era mucho más importante que cualquier otra cosa. No tenía ninguna intención de acostarse con él para agradecerle una cita en el barco más elegante del puerto, decidió Lucy levantando la barbilla. Una nota de agradecimiento sería suficiente, decidió justo en el momento en que el grupo de amigas que la había visto desde el interior de la lavandería hablando con Tadj irrumpía en la habitación.

–Te hemos visto con el hombre más guapo de King's Dock –dijo una de ellas.

Lucy alzó la vista y fingió quedarse pensativa. Si hubiera tenido más experiencia con los hombres, había bromeado con sus amigas. Pero por alguna razón Tadj le resultaba especial y no quería hacer bromas sobre él.

–He conocido a alguien que trabaja en temas de seguridad –se sinceró–, y me ha invitado a un café, eso es todo.

–¿No vas a volver a verlo? –insistieron sus amigas, mirándose unas a otras.

–No he dicho eso. ¿Qué pasa? –preguntó al ver que sus amigas se echaban a reír.

–No es por lo que dices sino por lo que no nos cuentas –insistió una de ellas–. A menos que no lo sepas.

–¿Que no sepa qué?

Se había sentido a gusto, rodeada de amigas desde el día en que llegó. ¿Acaso lo había olvidado por una sonrisa pícara y una mirada burlona?

–¿No te ha dicho ese tipo su nombre? –le preguntó una de sus mejores amigas.

–Se llama Tadj. No tiene nada que ocultar.

¿O sí? La sensación de angustia volvió a asaltarla a la vez que recordaba a su padrastro, quien estaba cumpliendo una larga condena en prisión por sus delitos. Él sí tenía mucho que ocultar, a pesar de que sabía cómo ganarse a cualquiera que no conociera de su reputación.

–Tadj –intervino otra de sus amigas, sacando a Lucy de sus pensamientos–. Y este Tadj, ¿tiene apellido?

Fue un alivio que el atractivo rostro de Tadj asaltara sus pensamientos, apartando la imagen de su padrastro.

–No recuerdo que me lo haya mencionado –murmuró mientras hacía memoria.

–¿Te ha contado a qué se dedica?

–Sí, ya os he dicho que trabaja en seguridad.

Su padrastro tenía mirada de tiburón, oscura y fría, recordó. Sus ojos eran inexpresivos. En los de Tadj no había maldad. En algunos momentos su mirada era agresiva, pero a la vez había calidez y buen humor. También irradiaba un fuerte magnetismo sexual. Pero mejor no pensar en aquello en ese momento.

Unas cuantas amigas aparecieron y su pequeña habitación se llenó. La señorita Francine era conocida por su generosidad hacia las mujeres que contrataba. Los dormitorios que alquilaba por una miseria podían ser pequeños y anticuados, pero, para mujeres que buscaban un refugio, ni siquiera un hotel de cinco estrellas podía compararse.

–Vale, está bien, me habéis visto con un hombre –admitió Lucy en tono divertido mientras miraba a su alrededor.

–Nada menos que con el emir de Qalala –dijo su mejor amiga al resto.

Lucy se quedó de piedra.

–¿Qué has dicho?

Lo había oído perfectamente, pero... ¿El emir de Qalala? ¿Tadj era el emir de Qalala?

Intentó asimilar la información. Pero ¿qué debía decir? ¿Que no lo había reconocido? ¿Que no leía periódicos ni veía televisión? Por desgracia, era cierto.

–Venga ya. Anda, cuéntanos cómo es el emir.

–Me temo que no lo sé –admitió Lucy–. Pero parece muy agradable.

–Y muy guapo –observó otra de las amigas.

–Cierto –convino Lucy.

–Su foto sale en todos los periódicos –dijo otra de las chicas, insistiendo en que tenía que haberlo reconocido.

–Y agradable no es manera de describirlo.

–Es puro sexo con dos potentes piernas –señaló alguien del grupo.

Con un cuerpo hecho para el pecado –añadió otra, lanzándole a la cara la portada de una revista.

Lucy respiró hondo al ver la imagen de Tadj, bronceado y musculoso vestido tan solo con un bañador ajustado.

–O es un nadador de competición o le gusta ir presumiendo de atributos.

–Parad ya –pidió Lucy a sus amigas–. Solo me he tomado un café con él, nada más.

–Seguridad era lo que iba a necesitar si compartiera algo caliente conmigo –dijo una de las amigas al leer la portada por encima del hombro de Lucy–. Es uno de los Jeques del Zafiro, llamados así por ser tan ricos como el rey Creso y tan insaciables como una manada de lobos hambrientos.

El pulso de Lucy se disparó. Así que Tadj no solo era muy rico sino un miembro de la realeza muy poderoso. Era demasiado tarde para rechazar su invitación sin quedar como una cobarde. No tenía un teléfono al que llamarlo y no quería recurrir a uno de los miembros de su equipo de seguridad para pedirle que le diera un mensaje. Una cosa era una aventura, pero aquello iba mucho más allá.

–El emir de Qalala –susurró y se mordió el labio–. No tenía ni idea.

Se volvió tratando de recordar lo poco que sabía del apuesto hombre que había conocido en una cafetería y que había resultado ser uno de los mundialmente conocidos como Jeques del Zafiro.

Si lo hubiera sabido, ¿habría aceptado la invitación?

Era un hombre extraordinario y sí, probablemente habría aprovechado la oportunidad. ¿Acaso suponía alguna diferencia su título? Le había preguntado si el dinero le habría hecho cambiar de opinión. Nunca se había parado a considerar lo que suponía tener un título, pero era consciente de que era un gran privilegio con sus restricciones y complicaciones. Se dejó llevar por su habitual optimismo. Nada de medias tintas. Aunque se sintiera fuera de lugar en la fiesta del jeque, la oportunidad de conocer desde dentro un mundo completamente diferente le resultaba irresistible. Se volvió y miró a sus amigas.

–¿Me ayudáis a prepararme para esta noche?

Al oírlas contestar que sí al unísono, supo que no había vuelta atrás.

–Solo tengo un vestido y ningún zapato de tacón –explicó–. Además, es un vestido sin mangas y esta noche hará frío. Sería estupendo que alguna me pudierais dejar un pequeño bolso de fiesta para guardar una barra de labios y el billete del autobús.

Entre risas y ofrecimientos de ayuda, se prometió estar de vuelta en su cama antes de la medianoche.

Nunca había dudado de una mujer. Debería haber ido con Lucy para asegurarse de que volvería a verla, pensó Tadj al subirse a bordo del yate de su amigo. Lucy era única e impredecible. No tenía certeza de que aparecería y eso le fastidiaba.

–Todas las mujeres son especiales, amigo mío –dijo el jeque Khalid al darle la bienvenida en el salón–. Pareces preocupado –añadió cuando Tadj hizo una mueca.

–Tenemos un asunto pendiente –replicó sin dar más explicaciones.

Normalmente disfrutaba de la compañía de Khalid y de su interés, pero no en aquella ocasión en la que no podía quitarse de la cabeza a Lucy.

Al salir a cubierta, la buscó en el muelle esperando verla aparecer en cualquier momento. ¿Estaría estudiando o preparándose para la fiesta? No tenía forma de saberlo.

–¿Qué se hace con una mujer que no se sabe lo que piensa? –le preguntó a Khalid cuando se le unió en cubierta.

–¿Acostarte con ella? Es una buena manera de comenzar –contestó su amigo con una sonrisa irónica–. Puedes quedarte en la suite Golden si quieres –añadió mientras se apartaban de la barandilla–. Aprovéchala todo lo que puedas.

Intercambiaron una sonrisa cómplice.

–Tiene el ambiente perfecto para aturdir a cualquiera con tanto dorado –comentó Tadj–, además de todos esos atrevidos cuadros eróticos.

–A ti no, amigo mío. Creía que te parecían insulsos.

–Si no te conociera bien, pensaría que estás intentando emparejarme con esa mujer –replicó Tadj.

–Eso no es posible, me acabas de hablar de ella. Aunque te sorprendería saber cuántas mujeres estarían encantadas de que las sedujeran en esa suite.

–Incitadas por la inspiración de sus obras de arte –concluyó Tadj–. Pero esta es diferente.

–¿Diferente en qué? Es una mujer, ¿no?

Al ver su expresión, Khalid se encogió de hombros.

–Te ha dado fuerte, amigo –añadió.

¿Fuerte? Tadj apretó la mandíbula al salir de la piscina del *Sapphire*. Fuerte era un término que se quedaba corto. Tomó una toalla y se secó el cuerpo con impaciencia. Tenía que ser precavido con Lucy, una mujer que había alterado el curso de sus pensamientos a los diez minutos de conocerla. Ni siquiera hacer deporte le había servido. Nunca le había pasado algo así. No era él el que caía en las redes de las mujeres, sino todo lo contrario. Lucy era joven e ingenua; no conocía las armas que otras empleaban. Era divertida, osada y desafiante, además de irresistible. Las mujeres con las que solía salir sabían lo que querían y no buscaban complicaciones. El sentimiento era mutuo, pero no pasaba lo mismo con Lucy. La inocencia tenía su precio y, aunque no era un santo, la idea de mostrarle el placer físico lo estaba volviendo loco.

Después de vestirse y de sufrir la lentitud con la que pasaban los minutos, dejó el barco y bajó al puerto a pasear. No había experimentado aquel nivel de excitación desde su adolescencia. Al ver a Lucy en la puerta de la lavandería, una extraña reacción se disparó en su cabeza. Sus miradas se cruzaron y caminó hacia ella. Por su lenguaje corporal adivinó que sabía quién era y que estaba decidida a hacerle pagar por ocultárselo.

–Tienes mucho que explicarme.

En aquel instante, Tadj solo era consciente de su embriagador perfume de flores.

–¿Llego tarde? –dijo frunciendo el ceño mientras miraba el reloj, como si no supiera a qué se estaba refiriendo.

–No intentes eso conmigo –le advirtió, entornando sus ojos verdes.

–Buenas noches para ti también –murmuró él sin apartar de mirada.

–Buenas noches, Majestad.

–Me llamo Tadj –le recordó.

–El emir de Qalala, según tengo entendido.

Deseó besarla al verle fruncir los labios.

–¿Qué estás haciendo? –protestó Lucy cuando la atrajo hacia él.

–¿Acaso un título cambia algo?

–Lo cambia todo –contestó ella, sintiendo el roce de sus labios en los suyos–. ¿Vas a dejarme ir ahora?

–No.

Aquel primer beso fue extraordinario y despertó todos los rincones de su cuerpo.

–Empecemos de nuevo –dijo soltándola–. Buenas noches.

–Buenas noches, Majestad –replicó en tono burlón, mientras trataba de recuperar el aliento–. Te va a costar trabajo recuperar la credibilidad –le advirtió y se pasó la lengua por los labios recién besados.

–Es necesaria una mayor tolerancia –sugirió él.

–¿Por mi parte?

–Sí, por tu parte –contestó–. ¿Vamos? –dijo mirando hacia el yate.

El *Sapphire* era un barco fabuloso. Incluso él estaba impresionado viéndolo desde aquel punto, iluminado de proa a popa. Los organizadores de la fiesta habían estado trabajando todo el día para crear un mundo de ensueño para los invitados y, a pesar del brusco comienzo de la velada, ni siquiera Lucy podía ocultar su excitación.

–Basta de engaños y de sorpresas –le advirtió al llegar a las puertas de seguridad–. Prométemelo o no me moveré de aquí.

–Si me miras de esa manera...

–¿Qué? –susurró, oscureciéndose su mirada.

Se sentía capaz de prometerle lo que quisiera, pero se limitó a esbozar una sonrisa irónica mientras se encogía de hombros.

–¿De veras eres el emir de Qalala? –le preguntó mientras los guardas de seguridad les permitían el paso.

–Sí –le confirmó.

–Estoy impresionada.

–Lo estás, pero no por mi título.

–¿Siempre te muestras tan seguro?

–Siempre.

Excepto esa noche, pensó. Lucy era toda una nueva experiencia para él.

–Eres uno de los infames Jeques del Zafiro –observó–. Solo con eso ya estoy impresionada.

–Espero que legendarios más que infames.

Ella se encogió de hombros y se detuvo.

–Deberías haberme dicho que eras uno de los hombres más ricos del mundo.

–¿Por qué?

Estaban acercándose a la pasarela ante la que se estaba formando una fila de invitados.

–Porque somos muy diferentes –respondió ella.

–Si tan mala pareja hacemos, ¿por qué estás aquí, para conocer la vida de los multimillonarios?

–Sí, en parte –admitió con sinceridad.

Si esperaba una cita con una mujer dispuesta a hacer y decir lo que hiciera falta para impresionarlo, acababa de comprobar que, por suerte, estaba muy equivocado.

Capítulo 4

SEÑOR...
Uno de los guardas de seguridad, al reconocer a Tadj, los acompañó hasta un segundo punto de embarque, algo más alejado del primero.

−¿Qué es lo que llevan en la mano los invitados? −preguntó Lucy, observando a las personas que pacientemente esperaban en fila para subir a bordo.

−Las invitaciones del jeque Khalid han sido enviadas en un estuche de plata con zafiros incrustados.

−Espero que sean reciclables −bromeó sonriendo.

−Por supuesto −le confirmó, devolviéndole la sonrisa−. El estuche es lo suficientemente grande como para guardar el pasaporte y cualquier otro documento, como por ejemplo un visado.

−¿Se necesitan pasaportes para subir a bordo? −preguntó mirándolo con una mezcla de indignación y sorpresa.

−Solo si los invitados piensan desembarcar en ciertos países −le explicó−. No es una fiesta de una noche, sino de una semana por lo menos.

−Para mí no −replicó mirándolo asombrada−. Además, no traigo pasaporte.

−No hace falta. El paraguas de la inmunidad diplomática nos cubre a ambos.

−¿Cómo dices? −dijo y se volvió, mirándolo seria y preocupada−. No me voy de crucero. Con un par de horas tengo suficiente.

–Yo también –le aseguró.

Rieron, pero enseguida le dirigió una mirada de advertencia para que la tomara en serio.

–Tengo que estar de vuelta antes de la medianoche o las alarmas saltarán en la lavandería y vendrá la policía a buscarme. Le he contado a todo el mundo a dónde venía esta noche.

–Ya veo lo mucho que confías en mí –dijo burlón–, pero me parece sensato.

–Eso pensé. No me gusta correr riesgos.

–Haces bien –afirmó justo cuando un oficial uniformado se acercaba para acompañarlos a cubierta.

Cada vez le gustaba más Lucy y no pudo evitar compararla con las mujeres que solían acercarse a él con la esperanza de que surgiera algo entre ellos. A diferencia de ellas, Lucy había puesto las cartas sobre la mesa.

–Tengo una duda –dijo ella mientras pasaban junto a los invitados–. ¿Cómo debo dirigirme a ti en público?

–Con educación –contestó burlón.

–Entonces, sé amable conmigo.

–Es lo que pretendo –le aseguró–. Llámame Tadj, o si lo prefieres señor.

–Tadj está bien.

–Señor...

–¿Sí? –dijo volviéndose hacia el oficial que los escoltaba.

–El jeque Khalid os está esperando para daros la bienvenida.

Alzó la mirada y vio a su amigo observándolos subir a bordo.

–Claro –murmuró asintiendo con la cabeza–. Vamos –añadió dirigiéndose a Lucy–. Quiero que veas algo antes de conocer a nuestro anfitrión. Esta noche no quiero que te pierdas ni un solo instante a bordo del *Sapphire*.

Su determinación se intensificó al ver los ojos de Lucy brillando de emoción, a pesar de que no sabía si era por él o por aquel magnífico acontecimiento.

Aquella era una fiesta que Lucy nunca habría podido imaginar ni en sueños. Estuches con joyas incrustadas para las invitaciones, mujeres con diamantes, invitados bajándose de limusinas para esperar en fila a embarcar mientras ella se paseaba del brazo del emir de Qalala. Aquello era una locura, como lo era el hecho de que aquel enorme barco fuera propiedad de una sola persona. El dinero se olía, y aquella riqueza obscena amenazaba con asfixiarla.

–¿Mareada? Todavía no nos estamos moviendo.

–Espero que no lo hagamos –replicó–. Al menos mientras esté a bordo. Es solo que me siento fuera de lugar entre tantos diamantes y tantos vestidos de firma –confesó.

–Tonterías –insistió Tadj, agitando la mano en el aire–. Eres la más guapa de la fiesta. Y la más inteligente.

–¿Acaso haces a todo el mundo un test de inteligencia? –preguntó, recordándose que no debía tomarse aquello demasiado en serio–. Supongo que conoces a la mayoría de las mujeres que han venido –comentó sonriendo–. Debería habérmelo imaginado.

–La mayoría de ellas no son conocidas precisamente por sus conocimientos académicos, sino por otra clase de conocimientos.

–Ahórrame los detalles.

–Relájate y disfruta.

¿Por qué no? Aquello era increíble.

–Gracias por invitarme –dijo y desvió la mirada de sus ojos a sus labios antes de añadir–: No había visto nunca nada como esto.

–Disfruta del paisaje.

Por supuesto que lo haría. Estaba con el emir de Qalala y la había besado. No sabía si volvería a hacerlo, pero de lo que estaba segura era de que no olvidaría aquel beso en su vida. Era un hombre muy atractivo así que ¿por qué no disfrutar como le había sugerido? No todos los días se hacía realidad una fantasía así. Cada vez le gustaba más. Era un tipo cortés y divertido, además de muy guapo.

–¿Qué quieres beber?

–Agua con gas, por favor.

Debía mantener la cabeza despejada y por alguna razón sabía que no iba a ser fácil.

–¿Agua con gas, *mademoiselle*? –le ofreció un camarero, ofreciéndole una copa a Lucy.

–¿Tienes hambre? –preguntó Tadj cuando el camarero se hubo marchado.

–¿No deberíamos ir a saludar al anfitrión?

No sabía qué hacer para controlar la reacción de su cuerpo ante la ardiente mirada de Tadj.

–No hay prisa. Estará ocupado saludando al resto de invitados durante un buen rato.

–De momento estoy bien con el agua, gracias.

¿Cómo comer cuando todos sus sentidos estaban alterados por una sobrecarga de testosterona? Tadj le hacía desear cosas prohibidas y tuvo que recordarse que no era más que una novedad para él.

Se habían instalado varias fuentes de vino en el *Sapphire* y las parejas se estaban congregando a su alrededor. Lucy no podía dejar de observar cómo entrelazaban los brazos, rozaban sus cuerpos y reían compartiendo confidencias.

–¿Quieres que te rellene la copa? –preguntó Tadj, sonriendo mientras miraba hacia el torrente de luz.

Por un momento, Lucy se quedó sin palabras unos segundos.

–No, gracias. Esta noche prefiero evitar el alcohol y beber solo agua.

–Muy prudente –dijo él sonriendo.

–Como siempre.

Se quedaron mirándose. Tadj parecía un héroe mítico y Lucy hizo todo lo posible para que sus mejillas no se pusieran coloradas. Pero si había una forma de evitar sonrojarse, todavía no la había descubierto. Seguramente tenía algo que ver con su piel pálida que siempre mostraba sus emociones.

–¿Por qué me has invitado?

–Mira, fuegos artificiales.

Lucy se sorprendió y enseguida cayó en la cuenta de a qué se refería al ver los estallidos de luz alrededor del barco.

–Quiero saberlo –insistió ella.

Aquello era peligroso. Siempre era distante con los hombres. Tenía una buena razón después de la experiencia de que su padrastro la acosara, pero con Tadj le era imposible.

Su roce en el brazo la hizo sobresaltarse y tardó unos segundos en mirar hacia donde unos artistas de circo vestidos de verde hacían acrobacias sobre sus cabezas. Lucy contuvo una exclamación y no solo por el riesgo que estaban corriendo los acróbatas, sino porque Tadj la había rodeado por los hombros.

–¡Y mira allí! –exclamó cuando Lucy estaba a punto de soltarse.

Lucy se obligó a respirar hondo, tratando de relajarse, a la vez que Tadj la hacía volverse para ver la actuación de los comedores de fuego y de los malabaristas.

–Tenemos mucho más que ver –dijo y tiró de ella para echar a andar por la cubierta.

No era broma. A continuación se detuvieron en una zona que se habían transformado en un zoco lleno de puestos de flores y comida, además de curiosos regalos de todo tipo. Los tenderos de los puestos vestían ropas exóticas y coloridas, y desempeñaban un gran papel dando a conocer a gritos sus productos. No había intercambio de dinero y un buen número de invitados competían por hacerse con los sombreros, chales, abalorios y adornos con los que complementar la ropa de firma que llevaban.

–Lo que para una persona es ridículo para otra es normal –observó Tadj–. Por cierto, estás muy guapa. No te hace falta nada.

–Tú tampoco estás mal ahora que me fijo –dijo ella sonriendo.

Tadj estaba sensacional simplemente con vaqueros y camiseta. Seguro que incluso vestido de buzo estaría fabuloso, aunque mejor aún desnudo.

Y allí estaba ella con ropa prestada. Alzó la barbilla y se encontró con la calidez de su mirada. Su cuerpo respondió con entusiasmo.

–¿Champán? –le ofreció Tadj, tomando un par de copas de una bandeja que pasaba por delante.

–No, gracias, si no te importa, prefiero seguir bebiendo agua. Y aunque te importe también –añadió divertida.

La noche estaba siendo mejor de lo que esperaba, mucho mejor.

–Por nosotros –dijo él alzando la copa.

–Por una noche estupenda –replicó Lucy, apelando a su prudencia innata.

A pesar de que estaba pasándoselo muy bien y de

haber besado al invitado más guapo de la fiesta, no tenía intención de perder la cabeza.

Tadj consiguió lo imposible, al encontrar un sitio tranquilo y resguardado en la cubierta abarrotada del *Sapphire*. Le quitó la copa de la mano y la dejó junto a la de él. ¿Iría a besarla otra vez? Un cosquilleo recorrió todo su cuerpo solo de pensarlo.

–Todo esto es precioso –dijo ella mirando a su alrededor.

Los centros de flores eran increíbles, aunque la paleta de colores era más clara en aquella zona que en el resto del *Sapphire,* como si aquella zona hubiera sido diseñado para los amantes. Era como estar en mitad de un océano aromático de colores rosas y blancos. Aturdida por aquel olor embriagador, cerró los ojos ante la desagradable idea de que pronto tendría que irse.

–Tadj, yo...

–Tadj ¿qué?

Él bajó la cabeza para mirarla a los ojos, sus labios casi rozándose.

–No.

–¿Por qué no?

Lucy sintió un cosquilleo en los labios. Su olor cálido, limpio y con un toque a especias estaba alterando sus sentidos. Deseaba otro beso y él no parecía dispuesto a moverse. Suspiró al verlo acercarse a sus labios, y se preguntó si algo tan agradable podía ser malo para ella. El roce de las manos de Tadj en sus brazos le resultaba peligroso. Quería que siguiera tocándola. Sus caricias eran suaves a la vez que precisas. Aquel hombre auguraba más placer del que podía imaginar.

–¿Qué te resulta tan divertido? –preguntó él, frunciendo el ceño mientras la observaba.

Cierto, su humor había cambiado y no era de extrañar.

–Esto parece el escenario de una película –comentó ella, mientras una nube de color rosa proveniente de una cubierta inferior los envolvía.

–Aquí todo es posible –dijo Tadj–. Mira allí abajo y verás un oasis con su playa y sus palmeras.

–Y todo para divertir a los invitados del jeque –comentó Lucy con una sonrisa irónica–. ¿Y aquí arriba? –preguntó sosteniéndole la mirada.

Él se quedó mirándola pensativo.

–Aquí arriba encontrarás dos personas, tú y yo, con el suficiente sentido común como para no dejarse llevar por las fantasías.

Tal vez así fuera para Tadj, pero ella había perdido la cabeza cuando la había besado.

–Eres preciosa –susurró, justo cuando ella estaba pensando que tal vez nunca volviera a disfrutar de una noche como aquella.

–No estoy mal, pero tú sí que eres guapo –dijo y al verlo fruncir el ceño, rápidamente añadió–: Bueno, no solo guapo, también fuerte e imponente.

–Eso está mejor. Pero es solo tu opinión.

–Siempre tengo razón –afirmó Lucy.

Él rio y, tomándola de la barbilla, la besó. Para cuando puso fin al beso, estaba dispuesta a acceder a cualquier cosa que le pidiera. En el fondo, sabía que debía apartarse, tomarse las cosas con calma, pero no podía ni quería. Deseaba más besos y más caricias. Era consciente de que una noche no podía durar siempre, aunque sabía que recuerdos como aquellos podrían sobrevivir al paso del tiempo.

La nube rosa añadía una sensación de irrealidad, haciendo que considerara posibles cosas que no se habría planteado en una primera cita normal. Tener tan cerca a Tadj y poder tocarlo estaba muy lejos de ser una cosa normal para Lucy. No tenía ninguna duda de que estaba siendo la noche más romántica de su vida, pensó mientras clavaba la mirada en sus ojos oscuros sin ninguna intención de pisar el freno.

Todo en Lucy le gustaba. Estaba llena de sorpresas y disfrutaba teniéndola a su lado. Era apasionada y no tenía miedo de enfrentarse a él, y eso era lo que más le gustaba de Lucy. También admiraba su franqueza. Era directa y transparente, y la noche no había hecho más que empezar.

—Bonito vestido —comentó al verla alisárselo sobre los muslos, algo que le gustaría hacer a él mismo.

—Gracias a unas amigas que me han ayudado a vestirme —confesó—. Ah, ya entiendo. Te gusta el vestido porque la espalda está al descubierto.

—En parte, sí.

Tadj supuso que aquel elegante vestido hasta las rodillas había sido elección de Lucy. Sin embargo, el bolso de estrás que llevaba colgado al hombro y que hacía juego con los zapatos de tacón no parecían ser de su gusto. Lo más gracioso era que los zapatos le quedaban grandes. Seguro que el elegante y anticuado poncho que había dejado a la entrada del *Sapphire* la abrigaba, pero no se imaginaba a Lucy gastándose dinero en una prenda tan voluminosa y poco favorecedora.

—Tienes buenas amigas.

—Las mejores.

El hecho de que tanta gente hubiera contribuido a que Lucy se divirtiera esa noche decía mucho de su carácter, y también de su ingenio, por no mencionar de su buen criterio a la hora de elegir amigas.

—Pongámonos en marcha —sugirió cuando una nueva nube rosa subió hacia ellos desde la cubierta inferior.

La tomó de la mano, entrelazó los dedos con los de ella y se dirigieron hacia la suite Golden.

–¿No deberíamos saludar antes al jeque? –preguntó y se volvió para mirarlo.

La impaciencia de tenerla para él solo le hacía aumentar el ritmo de sus pasos.

–No va a irse a ninguna parte.

¿Dónde la estaba llevando Tadj? La preocupación la llevó a morderse el labio inferior, pero su cuerpo díscolo se estremeció al considerar las posibilidades.

Capítulo 5

TADJ le había explicado que el camarote que iba a enseñarle era único. No solo estaba lleno de tesoros de gran valor histórico, sino de adornos y muebles de oro además de fabulosos zafiros.

–¿Podré ver también los grabados? –preguntó ella.

–Grabados no, tapices eróticos –respondió Tadj–. No es broma –añadió cuando Lucy se quedó mirándolo sorprendida–, así que espero que no te escandalices fácilmente.

–¿Yo? No –dijo y al instante sintió la boca seca.

–Son tapices extremadamente eróticos –insistió Tadj, advirtiendo su desasosiego.

–Conozco el funcionamiento del cuerpo humano.

Él rio.

–No se trata del funcionamiento, sino más bien de extrañas contorsiones.

Lucy lo miró como si la estuviera tomando por tonta.

–Bueno, parece una habitación muy especial.

–No seas sarcástica.

–Siento curiosidad –dijo y frunció el ceño–, aunque no parece una estancia en la que pasar mucho rato.

–Quizá cambies de opinión.

–Lo dudo.

Aquella debía de ser una cubierta reservada para invitados muy especiales, pensó Lucy cuando el guarda de seguridad, al reconocer a Tadj, se apartó para dejarlos pasar. El pasillo era tan lujoso como el resto del barco, con alfombras tupidas y paredes de color marfil decoradas con fascinantes piezas de arte, todas ellas iluminadas discretamente.

Unas cómodas butacas tapizadas invitaban a hacer una pausa a cada poco. Pero Tadj no estaba interesado en detenerse a explicar y la curiosidad la animaba a continuar. Por alguna extraña razón confiaba en él. No tenía en qué basarse, pero tenía un buen presentimiento que no sabía explicar.

Aun así, lo mejor sería no correr riesgos, pensó cuando Tadj se detuvo ante una impresionante puerta dorada.

—Cinco minutos y me voy —le advirtió en tono burlón.

Tadj se encogió de hombros, mostrándose despreocupado.

—Estoy impresionada —admitió Lucy dando un paso atrás para admirar la ornamentación de la puerta.

—Espera a ver el interior.

Abrió la puerta y la invitó a pasar a la suite Golden. Después de una hora de sobredosis de lujo, Lucy se había mostrado complaciente pensando en que estaba preparada para cualquier cosa, pero nada más echar un vistazo a aquella peculiar estancia, se quedó en silencio. Era tan ostentosa, que no sabía si le gustaba o no.

—Vaya —dijo mirando a su alrededor.

Sus pies se hundieron en una alfombra mullida, de un color azul zafiro, mientras que el resto de superficies, incluyendo paredes, techo y muebles eran de oro macizo. Supuso que los adornos serían del mismo material, con zafiros incrustados, y había algunos objetos antiguos muy curiosos.

—No sé qué pensar de la música de ascensor —comentó volviéndose hacia Tadj.

–A mí tampoco me gusta. Supongo que es para crear un ambiente agradable.

–Me gusta cómo huele.

Había incienso ardiendo en una bandeja de oro y Lucy cerró los ojos e inspiró aquella exótica esencia. Le resultaba más interesante él que aquellos tapices eróticos y quería hacerle algunas preguntas.

–¿Esa postura es posible? –preguntó ella, ladeando la cabeza–. No tenía ni idea de que los cuerpos humanos fueran capaces de algo así.

No se sorprendía con facilidad, pero estaba perpleja.

Tadj sonrió, pero no contestó. Abrió una segunda puerta aún más adornada y descubrió otro camarote dorado tan grande que tenía varias lámparas de araña.

–Te estás riendo –dijo Tadj–. ¿No te gusta?

–Es solo que estoy sufriendo una sobrecarga sensorial. Por otra parte, me siento muy honrada de que me hayas invitado para enseñarme una de las maravillas ocultas de la tierra.

–Me alegro de que piense así –dijo con una nota de humor en su voz.

No solo estaba pensando en eso, sino fantaseando con la idea de que Tadj la tumbara lentamente sobre la suave alfombra de lana que estaban pisando.

–Este es mi tema –le recordó–. Me interesan las obras de arte históricas.

–Entonces, me alegro de haberte traído.

Tadj apoyó la cadera en una mesa que parecía hecha de oro, se cruzó de brazos y se quedó mirándola.

–Me cuesta saber lo que estás pensando. ¿Por qué no me hablas más de ti?

–¿De verdad? –dijo, ignorando la pregunta.

La conexión entre ellos era más fuerte que nunca, y aunque quería quedarse a charlar, el ambiente dentro del camarote era demasiado tentador.

–No puedo quedarme demasiado en la fiesta y quiero aprovechar al máximo –añadió dirigiéndose hacia la puerta–. Tengo responsabilidades.

–Yo también –le aseguró Tadj.

Se hizo un silencio tenso. Los segundos fueron pasando mientras Lucy contemplaba las brillantes luces del puerto, donde el ajetreo de la vida normal continuaba en lo que parecía estar a un millón de kilómetros de distancia. Pronto estaría de vuelta. No estaba dispuesta a permanecer a bordo cuando el *Sapphire* soltara amarras.

–Un céntimo por tus pensamientos –dijo Tadj.

Lucy se volvió y alzó la cabeza para mirarlo a los ojos.

–Lo estoy grabando todo: tú, yo, esto... Pronto, el *Sapphire* saldrá a navegar y tú te irás con él.

–¿Me echarás de menos?

–No –mintió.

Había llegado el momento de analizar sus sentimientos y decidir si marcharse o quedarse.

–Te quiero a ti –susurró y se encogió de hombros.

Su candor disparó su deseo. Lentamente la atrajo hacia él y la besó el cuello antes de unir sus labios a los suyos. Al besarla, se dio cuenta de que temblaba. Aquella inocencia requería una respuesta comedida y, por primera vez en su vida, no estaba seguro de tener el control.

–¿No te parece precioso? –susurró Lucy, mirando por el ventanal del balcón, desde donde se veían los fuegos artificiales.

Tadj respondió acariciándola el cuello con la barba incipiente de su mejilla. El estallido de luz en medio de la oscuridad de la noche de alguna manera parecía apropiado para el momento. ¿Había algo más que sexo? Lucy era excepcional y también muy impaciente, a la vista de cómo se movía entre sus brazos. No dejaba de sorprenderlo. Se volvió hacia él, entrelazó los dedos por detrás de su nuca y lo atrajo para que la besara como cualquier mujer mucho más experta que ella habría hecho. Nada más sentir su cálido cuerpo junto al suyo sintió una erección y acarició sus pechos. Al instante, los pezones se endurecieron bajo sus manos.

–No me provoques –le pidió–. Por cierto –añadió haciendo una de aquellas cómicas muecas que revelaban lo vulnerable que se sentía–, no pensarás que estoy gorda, ¿verdad?

Tadj sonrió.

–¿Gorda? Yo te encuentro perfecta.

Lucy se relajó y le sonrió con picardía.

–¿Entonces...?

–El placer requiere su tiempo.

–Anda, no me vengas con esas. Dame tu...

–Tus deseos son mis órdenes.

La tomó en brazos y la llevó hasta el dormitorio. Al dejarla sobre las sábanas, tuvo la sensación de estarse llevando a la cama a una amante de mucho tiempo y no a una mujer a la que acabara de conocer. No sabía cómo explicar aquello, salvo por el hecho de que estar con Lucy le resultaba natural. Su frescura e inexperiencia lo habían ganado, e iniciarla en el placer era lo único que tenía en la cabeza.

–Tadj...

Sus ojos se habían oscurecido y apenas se distinguía el verde de sus iris.

–Enseguida –le prometió y se inclinó para besarla.

–Ahora –reclamó, clavándole los dedos.

Tadj levantó la cabeza y la miró divertido.

–Te arrepentirás si te precipitas.

–Estoy dispuesta a correr el riesgo. Estoy harta de ser formal y prudente. Esta noche quiero ser diferente. Tú eres diferente y confío en ti.

–Estás poniendo en mí una gran responsabilidad.

Lucy acarició con sus pequeñas manos sus anchos hombros.

–Creo que puedes asumirla.

Tadj se quitó la chaqueta y la dejó en una silla. Lucy comenzó a quitarse el vestido, y volvió a su lado para ayudarla. Con tan solo el sujetador y un tanga, parecía la Venus de Milo en carne y hueso, increíblemente guapa y exuberante, y loca de impaciencia. Forcejeó con los botones de la camisa y le arrancó dos. Mientras salían volando por los aires, se sacó los gemelos de zafiro y se los guardó. No habían dejado de mirarse a los ojos en todo el tiempo y cuando se quitó los zapatos, ella se empleaba con su cinturón. Al sacarlo de las trabillas, emitió un sonido de victoria y se echó hacia atrás.

–Eres una fresca –le dijo mientras ella tomaba aire.

–Y tanto. No sabes cuánto tiempo llevaba esperando esto.

–¿Desde que me viste por primera vez en la cafetería?

Ella rio.

–Sí, más o menos.

–Aun así, saborea el momento, disfruta.

–Ni hablar.

Tadj inspiró por la boca, mientras ella deslizaba una mano por su cuerpo.

–Lo estás disfrutando –susurró, su mirada oscura por la excitación–. Me refiero a la seducción. ¿O acaso te molesta que haya tomado la iniciativa?

–En absoluto, aunque eso va a cambiar muy pronto –le advirtió.

Ella se encogió de hombros y por un momento pareció dudar. A Tadj le gustaba el sexo y estaba disfrutando de aquel exquisito cuidado con el que estaba explorando su cuerpo. Nunca antes le había resultado tan divertido el sexo, pensó mientras sentía su mano deslizándose por debajo de los calzoncillos. Con Lucy, el sexo ofrecía infinitas posibilidades. Su falta de experiencia la compensaba con su entusiasmo. Al mirarla a los ojos vio en ellos fuego.

–¿Confías en mí? –preguntó ella, mientras Tadj tiraba del cuello de la camisa para sacársela por la cabeza–. La confianza tiene que ser mutua –añadió mirándolo a los ojos, a la espera de una respuesta.

–La confianza hay que ganársela –replicó, dejando la camisa a un lado.

Ya en su juventud había aprendido que a los embusteros no se les veía venir. De alguna manera, con Lucy estaba difuminando el recuerdo de una mujer que había convencido a un inocente príncipe, que por entonces solo pensaba con la entrepierna, de que el destino los había unido. Para hacer realidad lo que el destino auguraba, le había pedido un préstamo para lanzar su negocio. Se había llevado las joyas del palacio del emir para organizar una exposición, según había explicado tiempo después en el juzgado y tras abandonarlo en mitad de la noche. Su corazón se había vuelto de piedra al descubrir su juego, y se había concentrado en gobernar Qalala, prometiéndose no volver a dejarse embaucar nunca. Así que sí, la confianza era algo vital para él, tan importante como el aire que respiraba, y siempre temía llevarse una decepción. Pero había decidido olvidar todo aquello esa noche.

–Cuando te rindes al placer, no hay barreras –le dijo a Lucy mientras le quitaba la ropa.

–Tampoco se necesitan.

Puso las manos en el pecho de Tadj para indicarle que era ella la que iba a marcar el ritmo. Podía haberla obligado a tumbarse y haber hecho lo que él quisiera, pero era eso a lo que se había referido al hablar de confianza. Quería tener un buen recuerdo de aquella noche, pensó Lucy, aunque sabía que no iba a ser suficiente. Pero tendría que serlo.

A pesar de que Tadj se mostraba contenido, sabía que en su interior ardía un fuego. Nunca antes se había sentido tan excitada, lo cual no era de extrañar teniéndolo delante desnudo y majestuoso como una escultura de bronce de Miguel Ángel. El temor de hacer el amor con un hombre tan grande había sido sustituido por el deseo de sentirlo dentro. Estaba segura de que Tadj antepondría su placer al suyo propio. Tenía una presencia tan imponente que le había hecho olvidar todos los horrores que había presenciado en su casa. Si no hubiera sido el emir de Qalala, se habría enamorado de él.

–Ahora es mi turno.

Mientras le quitaba el sujetador sin dejar de mirarla a los ojos pensó que no tenía argumentos para rebatirla.

–¿Bien? –susurró, seguro de que todo lo que hacía estaba mejor que bien.

Lucy no pudo evitar estremecerse de placer. Hundió el rostro en su cálido y fuerte pecho, y escuchó los latidos de su corazón. Era una sensación tranquilizadora, promesa de que pasara lo que pasase, iba a conocer el placer como nunca antes lo había conocido. Tumbado a su lado, resultaba ser más corpulento de lo que había imaginado. Junto a él, parecía un palillo con pechos, unos pechos que parecían gustarle mucho, y no pudo evitar jadear de placer cuando se fijó en ellos. Se moría de ganas de tenerlo, de sentirlo dentro, y solo había una cosa que podía calmarla, aunque Tadj parecía no tener prisa por aliviar su frustración. Se colocó a los pies de la cama y empezó a masajearle y besarle los pies. Luego le hizo darse la vuelta y siguió acari-

ciándola por detrás de las rodillas. Se sentía embriagada por las sensaciones y apenas podía respirar. No
tenía ni idea de que fuera tan sensible.

Estaba desnuda salvo por el diminuto tanga de encaje
que llevaba, y no paraba de temblar de excitación entre
sus brazos. Se retorcía contra las sábanas, deleitándose
con sus caricias y ansiando liberarse. Mientras, Tadj
deslizaba las manos por su espalda como si estuviera
intentando calmar a un poni. Lucy por fin consiguió
calmarse, a la espera de lo que hiciera a continuación.

–Eres muy sensible –comentó como él.

Lucy dejó escapar un gemido de placer cuando
Tadj continuó acariciándola por los muslos. Sin apenas darse cuenta, separó las piernas invitándolo a seguir explorándola. Nunca se había sentido tan desesperada y estaba a punto de suplicar cuando la rozó
con los dedos. Tomó una almohada y la estrechó contra su pecho, como si pudiera imbuirle la fuerza necesaria para esperar.

–Túmbate de espaldas –le ordenó.

Su tono aumentó su excitación y se apresuró a obedecer.

Tadj le acarició la nuca con su barba incipiente y la
hizo gritar de deseo. Si aquello era iniciarse en el arte
del placer, era una alumna muy aventajada.

Después, le colocó las piernas sobre sus hombros
y concentró toda su atención en aquella zona que tan
pacientemente había esperado haciéndola jadear
suave y rítmicamente mientras atendía sus necesidades con la lengua.

–Ahora –dijo en tono autoritario y levantó la cabeza para ver su reacción mientras dejaba de acariciarla con la lengua para hacerlo con la mano.

Le fue imposible seguir conteniéndose por más
tiempo. La idea de que se estaba exponiendo en

cuerpo y alma se le pasó por la cabeza, pero el apetito carnal enseguida extinguió sus dudas y se dejó llevar gritando de placer mientras el más intenso de los orgasmos se apoderaba de ella.

—Bien —exclamó Tadj, cubriéndola de besos mientras le bajaba las piernas.

Lucy se aferró a él y pidió en silencio más. No quería creer que aquello tuviera que terminar, pero sabía que en algún momento tendría que volver a la realidad.

—Eres preciosa —susurró, apartándose.

No era preciosa, pero la hacía sentirse así. Por alguna razón, sus complejos desaparecían estando junto a Tadj, lo cual era extraño porque la diferencia entre ellos era considerable. Él era muy guapo. Tenía el cuerpo de un gladiador, fornido y bronceado, y aunque era fuerte, era delicado con ella. Ningún hombre podía comparársele, lo que suponía que nunca podría tener otro amante. El destino era cruel. Tadj era el emir de Qalala y estaba fuera de su alcance, pero eso no era impedimento para disfrutar el uno del otro.

—¿Qué te resulta ahora tan divertido? —preguntó él con una de sus misteriosas sonrisas.

—Es solo una de mis fantasías —confesó.

—Olvídate de fantasías —dijo él acercándose—. La realidad es mucho más divertida. Y no te pongas nerviosa. No voy a hacerte daño —le prometió y empezó a besarla mientras ella hundía la cabeza en la almohada.

Tadj buscó su centro de placer y a los pocos minutos la había llevado al límite. Justo cuando Lucy estaba a punto de dejarse llevar por el placer, detuvo el movimiento de su mano dejándola jadeante e insatisfecha.

—Separa más las piernas —le ordenó suavemente—. Así mejor.

Luego tomó una almohada y la colocó debajo de

sus nalgas. Estaba completamente expuesta y despro-
tegida, lo que le permitió a Tadj estimular aquella
zona tan sensible, sin dejar que alcanzara el alivio que
tanto ansiaba.

–No puedo contenerme –dijo entre jadeos.

–Pues hazlo –insistió Tadj–, o pararé.

–No puedo esperar más. Lo necesito ya.

–Lo que necesitas es aprender a prolongar el placer.

–Solo un poco más –le rogó persuasiva.

–¿Has perdido el control? –preguntó Tadj.

–¿Por qué no perder el control? ¿No es eso de lo
que se trata?

–Ya te he dicho que tienes mucho que aprender.
Perderás el control y no una, sino muchas veces si si-
gues mis instrucciones. Separa las piernas –le ordenó.

Tadj solo tuvo que rozar con los dedos aquel rincón tan sensible para llevarla al límite. Lucy se arqueó
y empezó a sacudirse, reclamando la unión de sus
cuerpos. Pero él detuvo el movimiento de su mano.

–Abre más las piernas.

A esas alturas, estaba dispuesta a hacer cualquier
cosa que le pidiera.

–Continúa –le pidió ella entre jadeos.

Volvió a llevarla al límite, penetrándola ligeramente
con los dedos. Cuando los retiró, su agonía era indescriptible. Alargó los brazos y se aferró a sus nalgas.

–Todavía no.

–No puedo esperar más –dijo ella y mientras hablaba, lo reclamó.

Tadj podía haberla rechazado fácilmente, pero habían cruzado una línea y ambos lo sabían. Con un
gruñido triunfal la empujó contra la cama y se hizo
con el control de la situación.

Por mucho que deseara a Lucy, había decidido ir
despacio para dejarle grabado aquel encuentro en su

memoria. Aunque estuviera ansiosa, tenía que frenarse. Su cuerpo deseaba liberarse, pero tenía que contenerse. Sujetó las manos de Lucy por encima de su cabeza y se hundió lentamente en ella, tomándose su tiempo para que saboreara cada instante de placer. Al momento perdió el control y comenzó a agitarse violentamente debajo de él. Tadj la sujetó en aquella postura para que disfrutara lo máximo posible.

Hacer el amor a Lucy le resultaba tan natural como respirar. Entre ellos había comunicación sin necesidad de palabras y sintonizaban en la diversión, el placer, la confianza y en muchas otras formas que nunca se había imaginado posibles con una mujer a la que acabara de conocer. Cuando por fin cayó exhausta, Tadj sonrió pensando en que el erotismo de aquellos tapices que colgaban sobre la cama no eran nada en comparación con aquello.

–¿Nunca te cansas? –preguntó ella cuando empezó a acariciarla de nuevo.

Viéndola acurrucada entre las almohadas, su corazón de piedra anheló lo imposible y volvió a hacerla suya, apartando de su cabeza aquellos pensamientos y concentrándose en el placer.

Un buen rato después, Tadj se dio cuenta de que estaba murmurando en su idioma palabras que nunca antes le había dicho a nadie. Fueran cuales fuesen las dificultades a las que tuvieran que enfrentarse, ella formaba parte de su vida en aquel momento. Después de haber disfrutado el uno del otro, se acomodó en la cama rodeándola con sus brazos, cerró los ojos y se durmieron.

La claridad del alba despertó a Lucy cuando los primeros rayos de luz entraron en la suite. Tadj yacía tumbado en la cama, y se quedó contemplándolo. Era muy guapo. Había dormido toda la noche entre sus brazos.

Oyó unos ruidos y recordó que estaba en el *Sapphire*. Salió de la cama con cuidado para no despertarlo y miró por la ventana. El corazón le dio un vuelco cuando sus peores temores se confirmaron. El *Sapphire* estaba a punto de zarpar y, sin pensárselo, se apresuró a recoger su ropa antes de que partiera. No podía perder ni un segundo. Aunque aquella noche había vivido un sueño maravilloso, había sido consciente en todo momento de que en algún momento volvería a la realidad. Ambos tenían su vida y la suya pertenecía a un mundo muy diferente. Se acercó de puntillas a la cama y se quedó mirándolo, pero había cosas que no podían ser. Superar el pasado le había supuesto un gran esfuerzo para avanzar día tras día. ¿Cómo conseguiría hacerlo si permanecía allí? Apartó la mirada del único hombre al que podría amar en su vida y salió de la habitación dejando allí su corazón.

Bajó la pasarela convencida de que Tadj pasaría página. La vida continuaría como de costumbre para el emir de Qalala cuando el *Sapphire* zarpara, mientras que para ella sería imposible olvidarlo.

Al oír los gritos de los marineros recogiendo los cabos, supo que, de alguna manera, sus voces estridentes anunciaban el fin de todos aquellos sueños que ingenuamente había albergado en su corazón.

Capítulo 6

Tres meses más tarde

Lucy se quedó de piedra al ver aparecer a Tadj en el restaurante donde tenía un segundo empleo. ¿Cuántas sorpresas más podría soportar?

Las que fueran necesarias, se dijo después de inspirar hondo varias veces seguidas. Hacía una hora que la había llamado su madre para contarle que a su padrastro le había sido concedida inesperadamente la libertad condicional, lo que significaba que ambas estaban en peligro. Se había sentido muy mal sabiendo que había un bebé en camino.

Y ahora aquello...

–Vete de aquí –le había suplicado su madre–. Es la única manera en que puedes ayudarme. Tienes que salir del país porque si tu padrastro da contigo, tratará de hacerme daño a través de ti. Nuestras vidas están en peligro, Lucy. No podré descansar hasta que sepa que estás a salvo en algún sitio.

No exageraba. Lucy sabía muy bien lo peligroso que podía llegar a ser su padrastro.

Sostuvo la mirada de Tadj y a punto estuvo de contárselo todo sin más. Sabía que sus ojos podían delatarla. Tadj siempre había adivinado lo que pensaba y no podría ocultar por mucho tiempo más que estuviera esperando un hijo suyo. Lo cierto era que no quería ocultarlo; estaba muy contenta de que en unos meses fuera a tener un bebé. Pero lo que no le agradaba era el hecho de que un hijo los uniera de por vida, lo quisieran o no.

–Nos encontramos de nuevo –dijo el emir de Qalala sin una pizca de emoción en su cara.

Al instante se dio cuenta de que no era el tipo divertido que había conocido en la cafetería sino alguien muy diferente. La miraba con la misma indiferencia que si no se conocieran. Se detuvo a unos pasos de ella y no vio nada del hombre con el que había compartido intimidad. De alguna forma, tenía ante ella a un desconocido al que debía convencer para que se la llevara de allí. Aquel no era un encuentro sorpresa, sino un capricho del destino que tenía que aprovechar. Se iría a Qalala si tenía que hacerlo, lo que hiciera falta para que su madre y el bebé estuvieran a salvo.

Todos aquellos pensamientos daban vueltas en la cabeza de Lucy mientras se miraban. Le habría gustado elaborar sus argumentos y convencerlo de que la llevara con él, pero no tenía tiempo.

Tras una ligera inclinación de cabeza, el emir de Qalala se dirigió al maître.

–Hace tiempo que Lucy y yo no nos vemos y me gustaría que le diera la noche libre –le explicó.

Más que una pregunta era una orden.

–Como deseéis, Majestad.

Solo tuvo que arquear ligeramente una ceja para que el maître comprendiera que había ido a su restaurante de incógnito y que no quería ninguna referencia a su estatus. Aquello puso más nervioso aún al hombre.

–Iré por el abrigo –se ofreció solícito.

Mientras Tadj la miraba fijamente, Lucy pensó que

al menos la suerte estaba del lado de su madre. Tres meses atrás, había tenido una buena razón para dejarlo y solo podía esperar que no le guardara rencor.

El distinguido caballero que había estado compartiendo mesa con Tadj no pareció molestarse cuando la cena terminó bruscamente. Se despidió de Lucy con un besamanos y se disculpó, y al cabo de unos minutos la limusina oficial se marchó.

—No vamos a quedarnos mucho —le dijo Tadj—. ¿Te apetece beber algo?

Si no hubiera sido por su estado, habría tomado una copa de brandy. Tenía que tomarse aquello con humor. Además, Tadj había mencionado que se marcharían enseguida del restaurante, otra razón para mantener la cabeza despejada.

—Un vaso de agua estaría bien —dijo y tragó saliva.

—¿Estás segura de que estás bien? —preguntó Tadj frunciendo el ceño—. ¿Acaso te has quedado impactada al verme de nuevo?

Aunque se mostrara frío, había sido correcto con ella. Aun así, no pudo obviar el tono irónico de su voz y le dirigió una mirada incisiva. La expresión de Tadj seguía siendo imperturbable y ella permaneció en silencio. Tenían mucho que decirse, pero el canal de comunicación entre ellos estaba cerrado. Aquellos labios que había besado dibujaban una línea tensa. Era evidente que estaba molesto porque lo hubiera dejado. ¿Quién se atrevería a hacer eso al emir de Qalala? ¿Quién dejaría a alguien sin una explicación?

Lucy estaba inquieta, consciente de que tenía que encontrar la manera de hacerlo bien o perdería la oportunidad que el destino le había dado de escapar del país y contarle a Tadj lo del bebé.

Se sirvió agua en una copa y, sin más demora, tomó la palabra.

–Siento haberme marchado aquella noche del *Sapphire* sin despedirme, pero estabas dormido.

–¿No se te ocurrió despertarme?

No parecía dispuesto a ponérselo fácil y estaba deseando contarle lo del bebé, aunque no en un restaurante concurrido. Quería darle la noticia en privado para poder estudiar juntos las consecuencias.

–Tal vez necesitas algo más fuerte que agua –sugirió Tadj, como si pudiera leerle la mente.

–Nunca bebo cuando estoy trabajando y todavía me quedan cosas por hacer.

–Esta noche ya has acabado de trabajar, así que no veo inconveniente –comentó retándola con su mirada a que lo contradijera–. En mi opinión, una copa te vendría bien.

–Rara vez bebo.

–¿Y no te parece buena ocasión para hacerlo?

Todas sus palabras destilaban ironía. Lucy se enderezó en su asiento y tomó una decisión. Nadie podía acusarla de ser una cobarde. Llevaba mucho tiempo arreglándoselas sola y estaba a punto de convertirse en madre. Su padrastro no había conseguido machacar su espíritu y se negaba a huir asustada. Estaba dispuesta a hacer lo que fuera para proteger a su hijo y a su madre, y cuando tuviera que defenderse, lucharía.

–Tengo algo que decirte –anunció después de inspirar hondo.

–Estás embarazada –dijo sin mostrar ninguna emoción.

Lucy se quedó sin respiración. Lo había adivinado antes de que pudiera decirle nada.

–¿Cómo lo has sabido?

–Te conozco. ¿De tres meses?

–Sí.

–Así que es hijo mío.

–No puede ser de otro.

La noticia de que Lucy esperaba un hijo suyo lo sacudió como si hubiera recibido un puñetazo en el estómago. Estaba a punto de convertirse en padre. ¿Qué sabía de la paternidad? Nada. Si seguía el ejemplo de la alta sociedad y se desentendía, el futuro de aquel niño sería nefasto.

Los recuerdos de cuando siendo pequeño estudiaba en un internado lo asaltaron. Cada vez que llegaban las vacaciones, era el único niño que se quedaba esperando con su maleta a que sus padres lo recogieran. El personal del colegio siempre había hecho todo lo posible para compensar la indiferencia de sus padres llamando a Abdullah, un hombre que se había preocupado por Tadj desde que fuera a la guardería, para que lo recogiera. En la casa de Abdullah y con su alegre familia, había descubierto que los niños no necesitaban palacios para ser felices sino amor. Cuánto había deseado que Abdullah fuera su padre en vez de haber nacido en una familia real, con unos padres que no tenían tiempo para él.

Se sintió horrorizado ante la idea de hacerle algo así a un niño. Apartó aquella sensación y decidió ocuparse de aspectos más prácticos como tomar decisiones en vez de perder el tiempo con sensiblerías. Aquel niño iba a unirlos de por vida y eso era algo que no tenía planeado.

Lucy había palidecido y esperaba preocupada su reacción. La noticia que le acababa de dar había puesto su mundo patas arriba, pero su mente analítica se había puesto a trabajar. Había que adoptar medidas de seguridad para madre e hijo. Tres meses atrás su única preocupación había sido el sexo. Lucy y él se habían dejado llevar por un juego erótico, y ahora tenían que enfrentarse a las consecuencias. No dudaba de que fuera el padre de su hijo. Ningún método anticonceptivo era efectivo al cien por cien. Siendo positivo, el puesto de amante ya estaba ocupado. No contaba con una amante embarazada y era vital tomar bajo su protección a Lucy y al niño, así que lo mejor sería sacarla de allí cuanto antes.

Una vez tomada la decisión, se puso de pie.

−Nos vamos −dijo y se quedó a la espera de que lo acompañara.

−¿Adónde?

Lucy miró fuera, en donde otra limusina negra esperaba junto a la acera.

−A mi casa de campo y luego a Qalala −le explicó−. Tenemos que hablar, no quiero hacerlo aquí.

−¿A tu casa de campo? −repitió ella con voz temblorosa−. ¿Y luego a Qalala?

¿Estaba equivocado o se le había iluminado la mirada ante la idea de abandonar el país? No, más que contenta parecía aliviada.

−Primero iremos a mi casa de campo para dar tiempo a que todo esté organizado a nuestra llegada a Qalala.

Lo mejor sería no marear la perdiz, pensó Lucy. Por muy frío que se mostrara Tadj y aunque no tuviera certeza de que las cosas fueran a salir bien, su prioridad era salir del país para salvaguardar la seguridad de su madre y de su bebé. ¿Qué podía haber más seguro que marcharse con el emir de Qalala bajo protección diplomática? Le sería difícil a su padrastro dar con ella.

Una vez tomada la decisión, se levantó y de repente vio unas figuras vestidas de negro salir de la oscuridad. Por un momento pensó que eran los esbirros de su padrastro, pero al ver que Tadj les hacía un gesto con la cabeza se dio cuenta de que eran sus guardaespaldas.

–No necesitas recurrir a tus hombres para convencerme de que me vaya contigo.

Tadj no dijo nada. Parecía más distante que nunca. Lucy recordó que acababa de darle la noticia de que iba a tener un hijo y tenía que darle tiempo para que asimilara la noticia. No había sido la única que se había llevado una sorpresa esa noche.

–Vamos –dijo él en tono firme y miró hacia la puerta.

Lucy dedicó unos segundos a buscar en vano una muestra de la calidez que habían compartido. Abandonar un entorno seguro con un hombre al que apenas conocía no era una perspectiva muy alentadora. Una cosa era saber que Tadj era el emir de Qalala y otra sentir el alcance de su poder.

–Pasa –le dijo cuando su chófer les abrió la puerta de la limusina.

La siguió hasta el lujoso interior y se sentó volviendo la cabeza hacia el otro lado como si no soportara mirarla. O quizá estuviera perdido en sus pensamientos.

–¿Me estás secuestrando?

–No dramatices –replicó fríamente mientras el conductor cerraba la puerta.

Nada podría calmarla estando con un hombre tan hostil en un espacio tan reducido, por muy lujoso que fuera. Quería decirle que aquello era cosa de dos, pero después de la llamada de su madre, no quería echar más leña al fuego. Era la oportunidad perfecta de salir del país y no podía desperdiciarla. Sabía que la confianza era algo importante para Tadj y si sospechaba que lo estaba usando para escapar de su padrastro y mantener a salvo a su familia, nunca se lo perdonaría.

–¿Qué has estado haciendo estos últimos tres meses? –preguntó Tadj.

Lucy se volvió para mirarlo y le sostuvo la mirada.

–He estado trabajando y estudiando.

Nada más enterarse de que estaba embarazada había buscado un segundo empleo en un restaurante cercano a la lavandería, y se estaba esforzando mucho para acabar sus estudios universitarios. Su horario no le dejaba mucho tiempo libre, pero necesitaba todo el dinero que pudiera ganar para comprarse un pequeño apartamento que había encontrado cerca de King's Dock. Tenía un pequeño jardín y era allí donde había pensado criar a su hijo, pero estando su padrastro libre, tenía que cambiar de planes.

Todo había pasado precipitadamente, con Tadj apareciendo de la nada y ella marchándose con él. Tendría que llamar a sus jefes y explicarles que iba a estar de viaje una temporada. Afortunadamente, acababan de empezar las vacaciones en la universidad, así que un problema menos.

–¿Por qué, Lucy?

–¿Por qué qué?

–¿Por qué te fuiste? ¿Por qué has tardado tanto en contarme lo del bebé? Pensé que confiábamos el uno en el otro.

–Sí, claro que sí –aseguró Lucy.

El tono de Tadj era frío y su mirada gélida.

–¿De veras?

Al ver un brillo de incredulidad en sus ojos, deseó poder hacer algo para recuperar al hombre al que había conocido tres meses antes. Se mostraba tan hostil que cada vez se sentía más incómoda.

–Has dicho que íbamos a tu casa de campo antes de salir para Qalala. ¿Queda mucho?

Se quedó mirando por la ventanilla mientras la limusina aceleraba y se dio cuenta de lo distraída que había estado para no haberse dado cuenta de lo que llevaban recorrido.

–¿Acaso importa?

–Sí, por supuesto que importa. Habrá gente que me eche de menos y puede que llamen a la policía. No puedo desaparecer sin más.

Tadj frunció el ceño, adoptando una expresión aún más intimidante. Y también muy sexy, pensó Lucy. La misma atracción que había sentido tres meses antes seguía latente entre ellos como una fuerza invisible.

–¿Por qué no los llamas y los tranquilizas?

–Lo haría si supiera a dónde vamos.

Tenía que calmarse, pensó Lucy. Discutir con el emir de Qalala no le serviría de nada. Aquel no era el tipo razonable que había conocido en una cafetería, sino una persona diferente.

¿Y quién era ella?

Una madre, se dijo llevándose las manos al vientre. Odiaba la mentira, pero tenía que aprovechar aquella oportunidad que se le había presentado.

–¿Qué escondes? –preguntó Tadj con desconfianza.

La conocía muy bien. A pesar del poco tiempo que habían pasado juntos, sabía leer sus pensamientos.

–Nada.

Apenas podía soportar la sensación de culpabilidad.

–Te veo muy tensa.

–Si me das una dirección, me relajaré. No creo que te gustara estar en mi posición.

–No me imagino en tu posición –le aseguró fríamente.

Una llamada lo distrajo y Lucy aprovechó para mirar por la ventanilla, mientras la limusina aceleraba al entrar en la autopista.

−¿Vas a contarme lo que piensas? −le preguntó Tadj después de colgar la llamada−. No estaría mal que te disculparas por dejarme aquella noche. Sé que tienes trabajo, estudios y responsabilidades. Lo que no entiendo es por qué no me despertaste cuando te marchaste. Mi opinión es que conseguiste lo que querías y ya no tuviste por qué quedarte.

−¿Lo que quería? −repitió Lucy frunciendo el ceño.

−Sexo con un emir −dijo Tadj−. ¿Para presumir con tus amigas cuando volvieras a la lavandería? ¿O pensabas vender la historia a la prensa?

−Es evidente que no o todo el mundo lo sabría ya.

Cada vez le costaba más mantener la calma.

A pesar de su desprecio, el corazón se le encogió al pensar en todo lo que habían perdido. Había conseguido lo que había querido aquella noche, pero no como Tadj lo imaginaba. La explosión de felicidad que había experimentado en sus brazos la acompañaría el resto de su vida.

−Me equivoqué al pensar que había algo entre nosotros que merecía la pena −dijo él en tono frío−. Te dormiste en mis brazos, pero cuando me desperté te habías ido. ¿Cómo esperas que confíe en ti después de eso?

−Lo que sentía por ti me asustó −admitió.

−Así que te fuiste.

−Si no hubiera sentido aquella conexión, no habría confiado en ti para quedarme y mucho menos para tener sexo contigo.

−Confié en ti.

−Me gustaría que pudiéramos volver a empezar desde el principio −dijo Lucy, deseando recuperar la complicidad que habían compartido nada más conocerse.

–No lo dudo –replicó él fríamente.

–Entonces, si tan enfadado estás conmigo, ¿por qué estoy aquí?

–¿No me has dicho que esperas un hijo mío?

–Nunca pretendía engañarte. Estaba siendo realista y no quería que ninguno de los dos se arrepintiera de lo que pasó aquella noche.

La limusina aminoró la marcha y Lucy cayó en la cuenta de que estaban llegando a su destino. Miró por la ventanilla y vio una verja iluminada abriéndose. Cada vez se sentía más insegura mientras avanzaban hacia una enorme e impresionante casa, prueba de que estaba en territorio de Tadj. Pero estaba a punto de convertirse en madre, la más temible de las guerreras, y no estaba dispuesta a fallarle a su bebé ni a su madre.

En el pasado, los problemas habían sido blancos o negros, pero eso había sido antes de conocer a Lucy. Ya nada era lo mismo. La intensidad de sus sentidos al verla en el restaurante lo había dejado aturdido, en especial después de enterarse de que estaba embarazada. ¿Qué más escondía? ¿Por qué tenía que creer todo lo que le dijera?

Sí, le costaba confiar en los demás. El hecho de haber sido abandonado de niño le había dejado huella y no sabía si alguna vez podría recuperar la capacidad de confiar en alguien. Pero ¿qué era lo que más le molestaba, que hubiera herido su orgullo? Ninguna mujer lo había rechazado nunca y menos aún lo había abandonado. Cuando naciera su hijo, ¿sería una buena madre o dejaría al niño como lo había dejado a él? Había pensado que Lucy era diferente, que era única y especial. ¿Se habría equivocado en su juicio?

A punto de llegar a la casa, recordó a aquella mujer que en su juventud le había dicho que lo amaba antes de marcharse con todo lo valioso que había podido, además de un generoso préstamo para un supuesto negocio. Lucy no le había pedido nada ni había tomado nada excepto un buen trozo de su insensible corazón.

–¿Te hice daño? ¿Fui desconsiderado contigo? ¿Por eso no me contaste lo del bebé?

–No –exclamó con rotundidad para que la creyera–. No pude hablar contigo. Ninguno de tus empleados te pasó mi llamada.

–No insististe lo suficiente.

–Tal vez –admitió–, pero tampoco quería que pensaras que buscaba aprovecharme económicamente. No me habría extraño que hubieras olvidado aquella noche –añadió.

Una fila de empleados uniformados esperaba para darles la bienvenida. Lucy estaba nerviosa a su lado. Sentía cierta empatía hacia ella por verse catapultada a un mundo tan diferente, y también admiración por la mujer que lo conocía como hombre y no como rey. La sinceridad de Lucy le venía bien. Era su reticencia a compartir información lo que le fastidiaba. No pudo evitar preguntarse qué sería lo que estaba ocultando, pero estaba decidido a averiguarlo. ¿Qué podía haber más importante que la noticia del bebé?

El conductor le abrió la puerta y apartó aquellos pensamientos antes de que comenzaran las formalidades del recibimiento.

Capítulo 7

EL AMOR era complicado cuando no era correspondido. La formalidad de Tadj al presentarla al personal le provocó un escalofrío. La situación no era fácil y no podía evitar lo que sentía por él. Si el amor iba acompañado de sufrimiento y culpabilidad, además de una dolorosa soledad, lo aceptaría solo por tener la oportunidad de estar con él. Aunque no estaba segura de que fuera a ser tan sencillo, pensó mientras saludaba sonriente al personal.

La última en presentarse fue el ama de llaves, que la invitó a pasar y le enseñó la casa de campo del emir. Lucy se sintió tan bien acogida que se convenció de que aquello era más una vía de escape para ella que una excusa para que Tadj dispusiera de un tiempo para asumir el hecho de que estaba esperando un hijo suyo.

Terminaron el recorrido en la biblioteca, una estancia amplia y repleta de libros en donde la esperaba Tadj. El olor a cuero envejecido y a chimenea creaba un ambiente relajado. Lucy se sentó al borde de un sofá y el ama de llaves se fue a preparar té.

Nada más cerrarse la puerta, Tadj no perdió ni un segundo en dejarle sus intenciones claras. Aquel no era el tipo divertido que había conocido en una cafetería sino el emir de Qalala.

—Te he echado de menos –dijo–. Tenemos asuntos pendientes –añadió con mirada ardiente.

De todas las cosas que podía haber dicho, solo una palabra salió de sus labios.

–Sí...

De una zancada, acortó la distancia que los separaba y al cabo de unos segundos, ambos estaban de pie. Tomó su rostro entre las manos y la miró fijamente a los ojos, como si conociera todos los secretos que albergaba en su corazón. Solo los separaba la tela fina del vestido rojo de Lucy, y podía sentir sus potentes latidos contra su pecho.

–¿Nerviosa o acaso te sientes culpable?

–Nada de eso –contestó ella, con aquel ánimo que tanto le gustaba.

Estaba más guapa que nunca, si eso era posible. La había echado de menos más de lo que había pensado y no solo por el sexo, que no podía negar que había sido fantástico, sino por todos aquellos detalles que la hacían única. Ninguna otra mujer le hacía sombra. Las candidatas a esposa eran un puñado de mujeres sin ningún atractivo, al menos para él. Pero nunca olvidaba lo que era mejor para Qalala y un matrimonio de Estado era lo que se esperaba de él. Encontrar una esposa adecuada era...

–Detente –dijo Lucy jadeando y lo empujó para separar sus labios de los suyos–. Me besas como si fuera el último día de tu vida. ¿Por qué?

Sus intensos ojos verdes lo miraban con preocupación.

–Por ti. Me haces perder el sentido.

–Muy divertido, lo mismo pensaba yo de ti –dijo sonriente–. ¿Hacemos una tregua?

Resultaba tentador. Nada había cambiado desde su primera noche juntos. Seguía deseándola y, por su reacción, ella sentía lo mismo. La sorpresa de que iba a ser padre estaba desvaneciéndose. Eran adultos y no tenían ataduras. Una amante cariñosa siempre sería mejor que una esposa complaciente. Volvió a besarla, esta vez con ternura, y mientras le acariciaba la cara se convenció de que una relación así era preferible a un matrimonio de conveniencia. A cada minuto que pasaba se alegraba más de su reencuentro. Estaban muy a gusto juntos y se hacían bien mutuamente.

—¿Me estás seduciendo? –preguntó ella cuando por fin la dejó ir–. Si así es, lo estás haciendo muy bien –añadió antes de darle la ocasión de que contestara.

Lucy permanecía inalterable. Tenía los pies en el suelo, un punto a su favor, sobre todo si la comparaba con todas aquellas princesas caprichosas candidatas a convertirse en su esposa.

—No parece disgustarte que te seduzca –observó.

—Quizá porque no me molesta –dijo en voz baja y sexy–. Pero no aquí en la biblioteca mientras esperamos a que nos sirvan el té.

Dejó escapar un suave gemido de placer al sentir la caricia de su barba en el cuello.

—Entonces, no grites muy fuerte –le advirtió–. ¿Quieres que eche el pestillo a la puerta?

Entre elegir una amante como Lucy y una esposa obediente, no tenía ninguna duda. La búsqueda de esposa podía esperar.

Rodeada entre sus brazos, Lucy se dio cuenta de lo mucho que lo había echado de menos. Estaba descubriendo que el dolor de corazón era un dolor físico y real. ¿Se le pasaría o habría sido mejor no volver a verlo jamás? No estaba segura de la respuesta. Todo lo que sabía era que debía abandonar el país y él era su mejor y posiblemente única opción. Aunque aquello era lo que tanto deseaba y necesitaba, el sentimiento de culpabilidad le recordó que, de alguna manera, era también una forma de engaño. Aquella impresionante mansión, con su historia y elegante arquitectura, no era más que una fracción de la inmensa riqueza de Tadj. A pesar de lo que hiciese o dijera, cuando descubriera que se estaba aprovechando de él para salir del país, pensaría que iba detrás de su dinero como todas las demás.

–Saldremos para Qalala por la mañana –le anunció, distrayéndola con sus besos.

–¿Tan pronto?

Sabía que debía alegrarse, pero, aunque habían compartido un sexo increíble, apenas se conocían. Con cada paso que daban, era más consciente de que iba a abandonar un entorno familiar para adentrarse en un mundo desconocido.

–No pongas esa cara de preocupación –le dijo Tadj, echándose hacia atrás para mirarla a los ojos–. Ya verás cómo disfrutas de los privilegios de ser la amante oficial.

Lucy se quedó sin respiración ante lo que Tadj acaba de decirle y su falta de tacto.

–Sé que el término amante suena demasiado pintoresco, pero es todo lo que puedo ofrecerte.

Si aquello pretendía ser divertido, no le veía la gracia.

–¿Te refieres a tu prostituta?

La expresión cambió al instante.

–Siento que lo veas así –dijo y se apartó de ella, como si poniendo distancia entre ellos pudiera ayudar de alguna manera.

Lucy no sabía de qué otra manera podía tomárselo. Justo en aquel momento, llamaron suavemente a la puerta.

–Debe de ser el té –dijo y se dio cuenta de lo cerca que había estado de perder la única posibilidad de escapar del alcance de su padrastro.

Tenía un bebé en el que pensar, además de en su madre. Ya no tenía que ver solo con ella y con su orgullo.

Se levantó, atravesó la habitación y le abrió la puerta al ama de llaves. Incluso se sorprendió de sus dotes interpretativas al hacer hueco en la mesa para la bandeja.

–Gracias, es justo lo que necesitábamos.

Cualquier cosa con tal de distraerse, aunque fuera en forma de pastelitos y mermelada.

–Entonces, ¿estás de acuerdo con mi proposición? –preguntó Tadj nada más cerrarse la puerta tras salir el ama de llaves.

–¿En convertirme en tu amante? No puedo decir que fuera la meta que me había puesto. Si te acompaño a Qalala será porque quiero. Así tendremos la oportunidad de establecer un régimen de visitas.

–¿Régimen de visitas? –explotó Tadj–. Estás hablando del hijo del emir de Qalala.

Lucy tenía que calmarse. Todo dependía de cómo manejara aquello.

–Iré contigo, pero no para disfrutar de esos privilegios que dices, sino por el bien del bebé –dijo y respiró hondo–. Soy muy capaz de ganarme la vida yo sola.

Tadj no dijo nada y se concentró en unos documentos que tenía en el escritorio.

–No quiero té –dijo cortante cuando le ofreció una taza–. Será mejor que te vayas a tu habitación.

La estaba tratando como si fuera una niña.

–Antes de irme, necesito que me des esta dirección, así como la de Qalala. Tengo que decírselo a algunas personas.

–En Qalala nos quedaremos en el palacio –dijo levantando la vista de los papeles.

–Lógico –replicó Lucy, tratando de mantener la calma–. Pero no puedo decir: en la casa de campo en mitad de ninguna parte, ¿no te parece?

Permaneció callado durante tanto tiempo que pensó que la estaba ignorando. Aquello estaba resultando más difícil de lo que había imaginado, pero si pensaba que podía tratarla como si fuera mercancía, iba a demostrarle que estaba muy equivocado.

–Tadj, yo...

Se quedó con la boca abierta al verlo descolgar el teléfono y empezar a hablar en su idioma, y a punto estuvo de llamar al ama de llaves para que le pidiera un taxi. Claro que si se marchaba, no podría ayudar a su madre y al bebé.

–Así que quieres una dirección, ¿no es así? –dijo secamente al colgar y garabateó algo en un papel–. Toma, llama a tus amigas y a tus jefes –añadió ofreciéndole el teléfono–. Cuéntale a tu casera que estás conmigo, pero ¿para qué darle más detalles?

Lucy se quedó estupefacta y de repente rompió a reír.

–No conoces a la señorita Francine.

La casera de Lucy y propietaria de la lavandería en la que trabajaba era muy protectora y maternal con las mujeres que vivían bajo su techo.

–Dile que estás a salvo en mi casa de Cotswolds –dijo Tadj impaciente.

¿A salvo? ¿Cómo reaccionaría Tadj cuando supiera lo de su padrastro? ¿Seguiría estando a salvo o la separaría de su hijo y la enviaría de vuelta a casa cuando descubriera su conexión con un delincuente? A pesar del gran riesgo que corría, decidió hacer la primera llamada.

–¿Qué me dices de tu decisión de convertirte en mi amante? –preguntó Tadj.

Lucy acababa de terminar su conversación telefónica y estaban esperando a que el ama de llaves llamara a la puerta.

–No ha cambiado –confirmó Lucy.

Seguía preguntándose si aquel desconocido distante era el mismo hombre al que había besado y con el que tanto había disfrutado haciendo el amor. Aquel tipo divertido y cercano le ponía ahora los pelos de punta.

–¿Cómo te sentirías si te pidiera que fueras mi amante oficial?

–Bastante bien –contestó él sin pararse a pensar.

–Es diferente –dijo Lucy sacudiendo la cabeza–. Lo que estás sugiriendo es que me convierta en la concubina del emir de Qalala. ¿Sabes lo humillada que me siento? –preguntó y al ver que Tadj la miraba indiferente, añadió–: A ver, vamos a darle la vuelta a este asunto. Supongamos que te pido que seas mi amante, con la única intención de divertirme y tener sexo contigo, y que cuando me canse de ti te aparte de mi lado. Me gustaría decirte que te daría una compensación cuando te vayas, pero me temo que no será posible.

–¡Lucy! –exclamó Tadj impaciente–. No es eso lo que estoy sugiriendo.

–Pues lo parece. No te das cuenta de lo ridícula que resulta tu sugerencia hoy en día, ¿verdad? –preguntó al advertir un brillo divertido en sus ojos–. Esto no es una broma, quiero que me tomes en serio.

Se sentía enfurecida y frustrada. Nadie la desconcertaba tanto como Tadj. Nunca sabía si hablaba en serio o si la estaba tomando el pelo.

Tadj descolgó el teléfono y le pidió al ama de llaves que volviera en media hora a buscar a Lucy para llevarla a su habitación.

–Siéntate –le dijo suavemente después de colgar–. Tengo que explicarte algo.

Lucy respiró hondo.

–Piensas que soy autocrático, pero tienes que entender que Qalala es diferente y, puesto que estás esperando un hijo mío, siendo mi amante es la única forma en que puedo reconocer a ese niño de alguna manera.

–¿De alguna manera? –repitió Lucy, desafiante–. Eso no es suficiente. O lo reconoces o no, no hay término medio para algo así.

–Escúchame, por favor –dijo y esperó a que asintiera para sentarse frente a ella y continuar–. La Constitución de Qalala exige que el matrimonio del emir sea concertado, previa aprobación del consejo.

–Estás de broma, ¿no? –dijo Lucy, sin poder creérselo.

–No, hablo en serio –replicó Tadj en el mismo tono comedido–. Intenté cambiar algunas cosas cuando heredé el trono, pero lo primero que tuve que hacer fue levantar el país para evitar que mi gente muriera de hambre. Mi tío había arruinado el país, por lo que entenderás que había cosas mucho más importantes que hacer que reformar leyes anticuadas. Estas leyes permiten al emir tener concubinas, como tú las llamas, y reconocer a los hijos que tenga con ellas. Supongo que la explicación se debe al riesgo de que los matrimonios de conveniencia no funcionaran y así que el gobernante pudiera disfrutar de cierta felicidad con sus amantes y sus hijos.

–Vaya.

Permanecieron en silencio unos segundos. Después de lo franco que había sido Tadj, Lucy se sintió obligada a sincerarse.

–Parece que ambos tenemos algo que confesar

–dijo mirándolo a los ojos, decidida a no callarse nada–. Tengo que salir del país cuanto antes. Mi padrastro es un delincuente y acaba de salir de la cárcel.

Esperó algún tipo de reacción por parte de Tadj, pero se mantenía impasible.

–Es el jefe de un clan criminal que a mi madre le hizo la vida imposible y ahora la está amenazando con hacerme daño. Si no vuelve con él, irá a por mí. Por eso mi madre me ha pedido que salga del país. Me había llamado unos minutos antes de que aparecieras en el restaurante. Contigo he encontrado una vía de escape perfecta –admitió–. Así que ya ves, necesito que me ayudes y tú quieres que sea tu amante para que tu hijo sea reconocido y no tengas que ocultarlo. Si fuera posible un compromiso, tendría que pensarlo... Por favor, di algo.

Tadj descolgó el teléfono.

–Voy a pedirle al ama de llaves que te enseñe tu habitación. Estate lista para viajar a Qalala a primera hora de la mañana.

Capítulo 8

LUCY aprovechó para llamar a sus jefes mientras Tadj le daba las últimas instrucciones al ama de llaves. La segunda y más importante llamada fue a la señorita Francine, una mujer a la que apreciaba. Mientras esperaba en aquella estancia señorial a que la anciana contestara el teléfono, frunció el ceño pensando en la manera de darle la noticia. No quería alarmarla, así que tenía que elegir muy bien las palabras. La propuesta de Tadj de convertirse en su concubina era suficiente para sorprender a cualquiera, mucho más a una dulce octogenaria. Con el sonido del crepitar del fuego de fondo y el teléfono sonando en su oreja, sus pensamientos volvieron a centrarse en Tadj. ¿Podría un hombre tan insensible como para pedirle que fuera su amante convertirse en un buen padre?

Sus pensamientos se vieron interrumpidos cuando la señorita Francine contestó. Después de explicarle dónde y con quién estaba, Lucy le contó que el emir de Qalala la había invitado a visitar su país con la idea de organizar una exposición de zafiros. No era del todo mentira y fue un alivio cuando la señorita Francine la interrumpió para decirle que le vendría muy bien viajar a Qalala para conocer las minas de zafiro.

–Tómate todo el tiempo que necesites. Es una oportunidad que no puedes dejar pasar.

–Hasta pronto –se despidió Lucy y colgó.

–Tal vez no tan pronto.

Se volvió y vio a Tadj detrás de ella.

–¿Has estado escuchando la conversación?

–Estás abusando de tu papel como invitada en mi casa.

–Lo siento, pero ¿qué he hecho?

–Hablar de mí a mis espaldas.

–No estabas delante. Además, es gracioso viniendo de un hombre que me ha pedido que sea su amante.

En cuestión de segundos, habían quedado trazadas las líneas de la batalla. Las emociones estaban a flor de piel, lo cual no era una sorpresa después de todo lo que había pasado en tan poco tiempo. Si al menos pudiera haber algo más... El viaje a Qalala era más de lo que podía esperar, pero odiaba aquel juego tortuoso cuando lo único que quería era una relación sincera.

Fue un alivio ver al ama de llaves sonriendo, a la espera de acompañarla a su habitación.

–La señora Brown se ocupará de ti –dijo Tadj en tono neutral, como si Lucy fuera tan solo una invitada–. Encontrarás ropa en el vestidor. Luego nos vemos.

¿Cuándo pensaba hacer la gran revelación?

El ama de llaves no parecía estar prestando atención y ya había enfilado hacia el pasillo. El hecho de que Tadj le dijera que había ropa en el vestidor le hizo pensar que tenía todo aquello planeado. No importaba lo que pensara sobre convertirse en su amante, él ya había tomado una decisión. Sintió un escalofrío al caer en la cuenta de que Tadj llevaba el control de la situación. Así había sido desde el momento en que habían vuelto a encontrarse en el restaurante.

–Espero verte de vuelta en la biblioteca dentro de una hora –añadió Tadj y echó a correr escalera arriba.

Aquel tono severo de voz era una prueba más de

que el hombre divertido y sencillo que había conocido en la cafetería había desaparecido.

–No es la primera que contempla las maravillas de este lugar –dijo el ama de llaves, malinterpretando la expresión de Lucy–, y dudo que sea la última –añadió con una sonrisa alentadora.

–Esto es precioso –afirmó Lucy, contemplando las vidrieras mientras subían la escalera–. Nunca había visto nada así.

–El emir es un hombre muy particular –comentó la mujer mientras le mostraba el camino.

Lucy se preguntó dónde encajaba ella en aquel sitio. Viendo todo aquel espacio excesivo para un solo hombre, no pudo evitar sentirse cada vez más insignificante mientras la señora Brown la guiaba al interior de la cueva del lobo. Incluso el aire olía a dinero a pesar de que era imposible encontrarle defectos a aquella decoración clásica y sobria. Aquel sitio tan fabuloso era el hogar de un hombre muy rico. Las alfombras mullidas amortiguaban sus pasos y había fotos enmarcadas colgando de las paredes. En una de ellas reconoció a Tadj lleno de barro después de un partido de polo. Incluso en aquella imagen estaba muy guapo.

Se detuvo ante otra foto en la que aparecía sentado en un banco de madera, probablemente en una mina de zafiros. Se le veía relajado, con los vaqueros, la camiseta y el rostro cubiertos de polvo. Rodeado de obreros, parecía uno más. Todos estaban sonrientes y se apreciaba la complicidad entre ellos. Cuánto deseaba una relación así, sin complicaciones, pensó mientras seguía a la señora Brown.

Habían llegado a un amplio pasillo luminoso, donde otra foto la hizo detenerse. En ella aparecía con su amigo el jeque Khalid. Ambos sonreían contentos, sosteniendo en las manos los zafiros más grandes que jamás había visto.

–Esa foto se la hicieron en Qalala –le explicó la señora Brown–. Su Serena Majestad disfruta con todo lo que le recuerde a sus amigos y a su tierra. ¿Ha estado alguna vez en Qalala? Es precioso. Una vez al año, Su Majestad se lleva al personal de vacaciones allí. Es muy generoso –añadió deteniéndose ante una gran puerta de caoba–. Por eso la gente lo aprecia tanto. Ya verá cómo lo pasa bien en Qalala. Estoy segura de que su gente se encariñará con usted.

–Oh, pero yo no...

Demasiado tarde. La señora Brown ya había entrado en la habitación y Lucy se quedó con la duda de si la estaría tomando por lo que no era. No podía imaginarse que la amante oficial del emir tuviera una función pública.

Un pequeño y lujoso vestíbulo prometía una estancia aún más acogedora. Sobre una mesa de mármol, una foto más llamó el interés de Lucy.

La señora Brown suspiró al ver el interés de Lucy.

–Su Serena Majestad me ha pedido que no ponga tantas fotos, pero creo que le da un ambiente cálido a este sitio.

–Estoy de acuerdo.

No había nada cálido en aquella imagen. Tadj aparecía sobre un semental negro, vestido con las ropas tradicionales y la cabeza cubierta por un turbante. Más que el hombre generoso que el ama de llaves había descrito, parecía un formidable conquistador. Lo habría reconocido de todas formas. Su mirada era inconfundible, al igual que su postura imponente. Un escalofrío recorrió su espalda al pensar que tal vez no estuviera preparado para asumir un compromiso en relación al futuro de su hijo.

–¿Adónde lleva esta puerta? –preguntó Lucy.

–A la suite de Su Majestad. Puede dejarla cerrada o, si lo prefiere, abierta.

A pesar de que iba a dejar su mundo para adentrarse en el de él, sabía que la puerta entre ellos permanecería cerrada.

Tan pronto como la señora Brown la dejó a solas, decidió ducharse y cambiarse de ropa, pero antes se fue a ver la ropa del vestidor. La habitación era preciosa, con vistas a un lago. Debía de ser una de las casas más bonitas del país. Entró en el enorme cuarto de baño de mármol rosa y se desnudó. Después, dejó correr el grifo y se metió bajo el chorro de agua caliente. Era la primera vez que se relajaba desde su encuentro con Tadj en el restaurante y cerró los ojos, disfrutando de la sensación del agua cayéndole por el rostro. Entonces, oyó unos pasos que enseguida reconoció.

–¡Tadj! Serás caradura –exclamó dándose la vuelta, mientras el pulso se le aceleraba.

Tadj apareció completamente desnudo y se metió en el cubículo. Impulsada por la sorpresa, lo empujó, pero él ni se inmutó. Teniéndolo a su lado caliente y húmedo, cejó en su empeño. El instinto animal se apoderó de ella. La ira era una pasión y las pasiones conducían a la lujuria. Habían estado mucho tiempo separados y lo había echado de menos. Todo lo que habían compartido estaba muy vivo en su memoria. La atrajo hacia él y la besó, y al cabo de unos segundos, lo correspondió.

No tenía sentido fingir que no deseaba aquello. Solo podía pensar en una cosa mientras la tomaba con fuerza por las nalgas, pero decidió forcejear por el placer de sentir su cuerpo contra el suyo.

–¿Me estás diciendo que no quieres esto?

A continuación se puso de rodillas ante ella y empezó a acariciarla como tanto le gustaba.

–Tadj...

–¿Sí? –dijo, convencido de que enseguida se quedaría sin habla.

–¿Qué estás haciendo? –preguntó entre jadeos.

–¿Ahorrar agua? –contestó con ironía–. ¿Superar una prueba para convertirme en tu amante?

–Tómate tu tiempo –dijo con ironía, aunque lo que deseaba era que se diera prisa.

Tadj ardía en deseos por ella. Era perfecta. Cada curva de su cuerpo parecía haber sido diseñada para él. Aunque fuera más corpulento que ella, encajaban a la perfección. En aquel momento, le estaba acariciando los pechos. Sus pezones se erguían orgullosos contra la palma de sus manos. Su olor embriagaba sus sentidos. La agarró por el trasero y ella se aferró a él como si su vida dependiera de ello. Estaba tan excitado, que se sentía al borde de la agonía. No pudo evitar recordar la última vez que habían tenido sexo y lo mucho que había disfrutado hundiéndose en ella. Tenía que ir más despacio si no quería hacerle daño.

–No, no apartes la mano –le pidió Lucy–. Me gusta donde está. Si vas a ser mi amante, tienes que hacer todo lo que te pida, lo que implica acatar mis órdenes al pie de la letra.

No tenía ningún inconveniente en obedecer sus deseos y sonrió al ver su reacción mientras la acariciaba de aquella manera en que tanto le gustaba.

–Puedes darme las órdenes que quieras –dijo acorralándola contra la pared.

Lucy lo rodeó con las piernas al levantarla del suelo y, con el agua cayéndoles por encima, Tadj le dio lo que quería.

Algunas situaciones anulaban el sentido común,

incluso el orgullo, pensó sintiéndose a punto de perder la cordura. Mientras los espasmos la sacudían, tuvo claro de que lo necesitaba con desesperación. Pasó un buen rato hasta que se sosegó y, aletargada, se dio cuenta de que Tadj seguía besándola y moviéndose, despertando en ella el deseo de seguir disfrutando del placer.

–¿Qué tal lo he hecho? ¿He conseguido el puesto?

–Todavía no lo he decidido –mintió, sonriendo junto a su pecho.

Se sentía tan segura en sus brazos que no quería moverse, pero sabía que aquello tenía que terminar. No podía ser de otra manera porque Tadj era el emir de Qalala mientras que ella era una mujer independiente, que se estaba labrando una vida y una carrera y que no tenía ninguna intención de dejarse arrastrar por una pasión que seguramente acabaría consumiéndose. Ser su amante era una circunstancia pasajera; ser madre, una condición de por vida. Tenía que seguir siendo libre y autosuficiente, aunque era demasiado fácil dejarse llevar por la fantasía de que tenían una relación. La realidad era muy distinta, pensó mientras Tadj la besaba en el cuello y se preparaba para hacerla suya una vez más. Él también pasaría página al igual que lo haría ella.

–No –susurró.

–¿No hasta Qalala? –dijo él con ironía, como si no creyera que fuese posible contenerse–. Haces bien ahorrando energía.

–Estoy deseando conocer tu país, pero quiero poner una condición.

–¿Cuál? –preguntó arqueando las cejas.

–Que no se dé a conocer que voy a ser tu amante oficial.

Lucy se dio cuenta de que su expresión hacía cambiado. Seguramente, nadie antes le había dicho al emir de Qalala lo que tenía que hacer.

–Quieres permanecer al margen, ¿verdad?

–Sí, no creo que tu intención sea tenerme como rehén. Tengo una vida, Tadj, y tú también, así que... ¡No, Tadj!

–¡Sí, Tadj! –replicó él.

Su voz sensual la hizo perder el sentido.

–Necesito que me tomes en serio.

–Y lo hago –le aseguró, disponiéndose a hacer con gran destreza lo que ambos tanto deseaban.

Capítulo 9

ERA DIFÍCIL permanecer inmóvil cuando se amaba tanto a alguien como Tadj. Se sentía segura entre sus brazos, y no podían parar de besarse y acariciarse. La había llevado a un viaje de placer, haciéndola olvidarse de todo, incluso del temor al inevitable daño emocional que sufriría cuando su aventura terminase, lo que ocurriría cuando él volviera a ser el emir de Qalala y ella una madre entregada.

—¿No has acabado todavía? —susurró él—. Aprovéchate de mí como quieras.

—No me quedan fuerzas —respondió con la respiración entrecortada.

—No te creo.

—Vas a tener que hacer todo el trabajo —dijo Lucy, abrazándose a él.

—Como tu amante oficial, no esperaba otra cosa. Es mi deber —afirmó él.

—Me alegro de que tengas claras tus responsabilidades —convino, deseando mucho más.

Tadj sabía muy bien cómo estimularla y enseguida la llevó al límite.

—Sigue, por favor.

—No, antes dijiste que me tomara mi tiempo.

Lucy alargó la mano y comenzó a acariciarlo. Tadj la acorraló contra la pared y la embistió.

—Sí, por favor, sí —dijo ella jadeante.

–Estoy deseando complacerte –replicó él, imponiendo un ritmo lento y constante.

–Hazlo, por favor –le rogó riéndose, mientras se movía al compás que le marcaba.

La llevó al límite no una sino varias veces y, cuando por fin alcanzó el éxtasis, se quedó relajada entre sus brazos. Luego, la envolvió con una toalla y la llevó hasta la cama, en donde volvieron a hacer el amor.

Había oscurecido cuando Lucy se espabiló. Estaba agotada, pero se sentía feliz.

No, era una locura dejar que sus sentimientos por Tadj crecieran. Entregarse en cuerpo y alma con un futuro tan incierto, era buscarse más problemas.

Tadj se volvió, abrazó sus rodillas y apoyó la barbilla en ellas.

–¿Has cambiado de idea respecto a venir conmigo a Qalala? Si es así, puedo volver a hacerte cambiar de opinión.

Una vez más no le haría daño, pensó mientras su cuerpo se hacía con el mando de sus pensamientos.

La siguiente vez que se despertó, la luz del sol bañaba la habitación y estaba sola en la cama. Volvió la cabeza en la almohada, suspiró y aspiró el olor de Tadj. Debía de estar en la ducha. Se incorporó, tomó una bata y se dispuso a explorar. La puerta que separaba sus suites estaba abierta y se oía el sonido del agua contra el mármol. Se detuvo pensando en que sería mejor prepararse para el día que le esperaba que meterse en la ducha con él.

Entre todas las prendas de firma que llenaban el vestidor, tenía que encontrar algo que ponerse. Eligió un par de pantalones, una blusa y un jersey, y se calzó unos cómodos mocasines de piel. Todo le sentaba a la perfección. Tadj conocía muy bien su cuerpo y quien fuera que había comprado aquella ropa, tenía el mismo gusto que ella. La única excepción era la lencería, que era de seda y encaje, más adecuada para la amante de un emir que para una invitada espontánea. Una vez más, Tadj parecía estar detrás de aquello. ¿Aumentaría su poder sobre ella cuando llegaran a Qalala? Tenía que haber una manera de encontrar el equilibrio entre ellos y debía encontrarla.

También encontró cosméticos. Parecía que la misma persona que se había encargado de comprarle la ropa había adquirido un montón de productos de maquillaje. Se aplicó brillo en los labios y se peinó. Luego guardó su vestido rojo en una bolsa, salió de la suite y buscó la cocina siguiendo el sonido de platos.

–Buenos días.

Su corazón dio un vuelco al encontrar allí a Tadj.

–Buenos días –contestó ella, tratando de comportarse con naturalidad.

–¿Quieres que te sirva un café? –preguntó cortés.

–Sí, gracias.

Lucy se acercó a la cristalera del comedor y se quedó contemplando los jardines. La estancia estaba decorada en sintonía con el paisaje. Al fondo, un puñado de cisnes atravesaba un lago. Apartó la mirada cuando un solícito asistente apartó una silla de la mesa. Lo irreal de la situación la sacudió al sentarse. Con su habitual humor, Lucy pensó que no era de extrañar teniendo en cuenta que vivía en un estudio y que solía desayunar una taza de café instantáneo y un cuenco de cereales.

Además, estaba Tadj. Con su imponente complexión, tampoco él parecía pertenecer a aquel entorno, claro que no podía olvidar que era un rey del desierto.

–Siento que no hayas podido dormir más, pero mis planes de vuelo son inalterables –dijo mientras los sirvientes se acercaban para ofrecerle a Lucy una variedad de platos–. Nos iremos en cuanto acabes de desayunar, en no más de media hora.

Su marcha a Qalala era inminente y Lucy se recordó todos los motivos para hacer aquel viaje. Aun así, no pudo evitar pensar que estaba dando un salto al vacío.

–Mientras estamos aquí, te están haciendo la maleta, así que no hace falta que te des prisa en desayunar.

–Pero...

Aquella fue la única palabra que pudo decir antes de que se fuera de la cocina.

Se sentó en una silla y analizó las opciones que tenía. Ninguna. Tenía vacaciones en la universidad y había llamado a sus jefes, así que no había motivo para no ir a Qalala. Además de las ventajas que suponía para ella y su currículum, había una razón mucho más importante para visitar el país natal de Tadj: Qalala formaba parte del linaje de su bebé. Por encima de todo estaba la posibilidad de estar con Tadj y conocer aquella tierra a través de sus ojos, lo que la ayudaría a descubrir más sobre el país y sobre el hombre al que amaba. Si accedía a ser su guía dependía de si le hacía la pregunta al emir de Qalala o al hombre al que conocía como Tadj.

Tadj estaba pilotando el avión, así que apenas tenía ocasión de relacionarse con Lucy. La deseaba más de lo que era capaz de expresar, aunque por lo que había descubierto de su pasado y de su familia, dudaba de que alguna vez pudiera ser completamente abierta con él. ¿Por qué ocupaba todos sus pensamientos? Había puesto a prueba su propio criterio. Su obstinación lo enfadaba y frustraba a partes iguales.

Estaba acostumbrado a controlar todas las situaciones y decidió ser más permisivo. Lucy seguía su propia senda porque así había tenido que hacerlo, y estaba tan decidida como él a hacer lo correcto.

Durante el tiempo que habían estado separados, la había echado de menos cada día. Incluso en aquel momento, sentado en la cabina del piloto, no la sentía lo suficientemente cerca. Estaba impaciente por enseñarle Qalala para que entendiera por qué le gustaba tanto. Quería conocer su país a través de sus ojos. El primer paso para que se sintiera a gusto en el desierto era reconocerla como su amante. La Constitución no le permitía otra cosa y no estaba dispuesto a perder a Lucy y su hijo. Lucy cumplía con todo lo que buscaba en una amante.

—¿Puede hacerse cargo? —le pidió al primer oficial, dejándole al mando de la nave.

Era un vuelo largo a Qalala, por lo que tendría la oportunidad de seguir explicándole a Lucy que como su concubina, disfrutaría de los mismos beneficios y privilegios que si fuera su esposa. Sonrió confiando en que sus dotes de persuasión pasaran la prueba.

—Tadj...

Lucy sonrió al ver que se acercaba, lo que le sorprendió teniendo en cuenta lo brusco que había sido con ella esa mañana.

—Perdóname por lo de esta mañana, pero tenía prisa por salir de viaje.

Si se hubiera quedado más tiempo en el comedor, habría acabado despidiendo a los sirvientes para hacerla suya sobre la mesa, lo que hubiera retrasado su viaje.

—Pensé que estabas pilotando el aparato —comentó al ver que se sentaba a su lado.

—Este aparato vuela solo —le aseguró—. Además, hay un copiloto y un ingeniero en cabina.

–¿Qué pasa si hay una emergencia?

–El copiloto es un profesional muy bien cualifi-cado, estoy seguro de que sabrá resolver cualquier cosa que surja.

–Prefiero que estés tú al mando.

–¿De veras? No sé si debería sentirme halagado por ese comentario.

–Solo si estás desesperado.

De nuevo volvían a bromear entre ellos, lo cual jugaba a su favor. Todo sería más fácil si se llevaban bien.

–Deja de preocuparte, el copiloto sabrá mantener el rumbo.

–¿Hemos recuperado el rumbo? –replicó inge-niosa.

–¿Quieres que lo hagamos? –preguntó señalándole con la barbilla la parte posterior del avión.

Lucy se quedó mirándolo unos segundos y luego se levantó de su asiento.

–Tengo una suite atrás –le explicó mientras la pre-cedía.

–Cómo no –murmuró Lucy sorprendida.

–Además de un despacho privado, un dormitorio, un salón y una sala de proyección. Elige el que prefie-ras.

–El despacho.

–¿Acaso quieres una conversación seria?

–Por supuesto –contestó ella.

Tenía otra idea en la cabeza, pero si averiguaba más sobre lo que le había pasado con su padrastro le vendría bien, por no mencionar que estaba preocu-pado por el miedo de Lucy hacia aquel hombre. Tam-bién quería asegurarle que mientras estuviera bajo su protección no debía temer a nada ni a nadie. Y, natu-ralmente, aquella protección se extendía a su madre.

Haría que investigaran al hombre, pero siempre era bienvenida información de primera mano.

Abrió la puerta a una sala de estar acogedora e informal.

—¿Este es tu despacho?

—Aquí puedo relajarme además de trabajar —dijo señalando un escritorio—. Toma asiento.

Llevaba pensado lo que iba a decirle a Tadj y estaba convencida de que sería un alivio, pero al comenzar a contarle los detalles de lo que pensaba que debía saber sobre su padrastro, se dio cuenta de que le temblaban las manos.

—¿Tan malo es? —preguntó Tadj, apoyando la cadera contra el escritorio.

—No tienes ni idea —respondió.

—Tal vez se me ocurra algo.

Lucy continuó contándole todo: los episodios violentos, el miedo, la inesperada puesta en libertad de su padrastro...

—Tu madre está en un sitio a salvo —le informó Tadj.

—¿Cómo lo sabes?

—Con guardas de seguridad que la protegerán. No le pasará nada, te lo prometo.

Se quedaron en silencio mientras Lucy asimilaba lo que acababa decirle.

—Tus agentes velan por ella, ¿no?

—No pensarías que iba a quedarme de brazos cruzados, ¿verdad? Tu madre volverá a casa en cuanto me confirmen que tu padrastro está de vuelta en la cárcel por saltarse una orden de alejamiento y amenazar a tu madre.

—No sé qué decir —balbuceó.

—No digas nada. Hay que pararles los pies a los delincuentes y cuento con los recursos para hacerlo.

—Gracias.

–No tienes por qué dármelas. Ahora, tú también estás a salvo.

Y eternamente en deuda con él, al que amaba y creía estar empezando a conocer. Su cabeza se dividía entre el deber hacia su país y sus súbditos, y el respeto a la justicia. Nunca violaría las leyes de Qalala, por lo que Lucy tenía que encontrar el equilibrio entre mostrarse agradecida y mantener su independencia.

–Siéntate –le pidió Tadj.

–Prefiero quedarme de pie si no te importa.

–Supongo que da igual –dijo secamente–. Has pasado por mucho.

–No soy la única –replicó levantando la cabeza para mirarlo a los ojos–. El hecho de que los dos hayamos sufrido debería hacernos más fácil hablar sobre el futuro de nuestro hijo –añadió y, al ver que no decía nada, continuó–: Dentro de seis meses seremos padres, responsables de una nueva vida. Estoy deseándolo y espero que tú también.

–¿Quieres saber lo que siento ante la idea de convertirme en padre? ¿Quieres que te diga que estoy entusiasmado?

¿Quién era el que hablaba: el emir de Qalala o Tadj? Estaba tan confundida que no podía distinguirlo. Habían llegado a un punto muerto y no sabía qué debía hacer. De una cosa estaba segura, pensó Lucy llevándose las manos al vientre. Amaba a aquel hombre y siempre lo amaría, y le dolía no poder ser como las demás parejas y compartir la mayor alegría de todas.

Capítulo 10

ESTABA entusiasmado ante la idea de convertirse en padre, pero todavía tenían mucho que hacer para proteger a aquellos que amaban. La expresión de Lucy se ensombreció. No sabía qué esperar de él. Quizá fuera lo mejor. Tadj todavía tenía que asimilar muchos hechos y sus consecuencias. Los días en que la vida de la realeza se mantenía en privado habían quedado atrás, lo cual era bueno en su opinión, y una idea estaba empezando a formarse en su cabeza.

—Es un vuelo largo, así que deberías aprovechar para descansar.

¿Era una orden o una sugerencia?

Lucy se puso de pie.

—Me dijiste que íbamos a quedarnos en el palacio de Qalala, ¿verdad? No sé en cuál de ellos, no sabía que tuvieras tantos. Tengo que decirle a la señorita Francine en cuál me voy a quedar para que...

—Vamos a visitar mi castillo en el desierto. No es una prisión —añadió rápidamente al ver el gesto de Lucy—, sino una fortificación de gran importancia histórica que ha sido completamente restaurado y reformado, y que ahora es una de mis casas más elegantes y mejor equipadas. Siempre me resulta relajante quedarme allí y estoy seguro de que a ti también te gustará. Tendrás la oportunidad de descansar y de aprender sobre el linaje de nuestro bebé.

–Nuestro bebé, qué bien suena –dijo Lucy–. Si no te importa, me gustaría echarme un rato. ¿Puede alguien acompañarme a la habitación?

–Una de las azafatas te acompañará –respondió fríamente–. Pediré que te despierten antes de aterrizar.

Una repentina sensación de pánico la asaltó ante la idea de que el emir de Qalala la encerrara hasta que naciera el bebé. Había puesto toda su confianza en él, pensó mientras lo miraba buscando ver algo del hombre al que había conocido en la cafetería.

–Vete –dijo levantando la mirada de los documentos que había estado leyendo–. Pareces cansada.

¿Había dejado de confiar en ella? Confiaba en que no, en caso contrario no volverían a estar juntos jamás y quedaría un gran vacío en su vida.

El dormitorio a bordo del avión de Tadj era pequeño, pero confortable. Lucy se metió en la cama, pero no pudo dormirse tratando de adivinar lo que Tadj estaría pensando. Cuando por fin se durmió, lo hizo profundamente, y se despertó cuando llamaron a la puerta.

Después de darse una rápida ducha, se envolvió en una toalla y cuando salió del baño, encontró ropa limpia sobre la cama. Era prácticamente la misma que llevaba al subirse al avión. ¿Quién había hecho aquello por ella? Acarició la tela. Había llegado el momento de asumir el hecho de que los multimillonarios llevaban vidas muy diferentes, rodeados de un ejército de personas que se anticipaban a sus necesidades. El sonido de los motores anunciaba que estaban a punto de aterrizar y rápidamente se vistió.

De vuelta a la cabina principal, no vio a Tadj. Debía de estar al mando del avión, dispuesto a aterrizar la nave. Se sentó en su asiento y se sintió segura mientras el aparato descendía. Fuera de la ventanilla, un espectáculo de luces de color rosa, índigo y dorado le dio la bienvenida a Qalala. El avión estaba a punto de aterrizar en una pista en mitad del desierto. Cuando las ruedas tocaron tierra, la luz púrpura del atardecer bañaba el ambiente. Lejos de ser un lugar aislado, había una multitud congregada. A lo largo de la pista había hogueras y gente celebrando el regreso de Tadj. Familias enteras parecían haber acudido para darle la bienvenida de vuelta a casa. Incluso había guardias a caballo, vestidos con sus uniformes de gala.

–¿Estás lista para desembarcar?

Lucy se volvió y se encontró a Tadj en mitad del pasillo. Por un momento, se quedó sin palabras. Vestía la tradicional túnica negra con ribetes dorados a juego con un turbante que le cubría la cabeza y parte del rostro. Un aire de misterio y exotismo lo envolvía. La foto que había visto en su casa de campo no le hacía justicia.

–¿Lucy? –dijo al ver que no se movía–. La gente nos está esperando.

Recordó a la multitud que esperaba a su gobernante y se apresuró. Una ráfaga de aire con olor a especias los recibió.

–¿No deberías ir tú delante? –le preguntó a Tadj cuando le hizo un gesto de que lo precediera.

Una azafata le explicó brevemente que el emir debía abandonar el avión en último lugar, algo que a Lucy le pareció extraño, pero que acató sin más. Al salir, unos focos de luz dirigidos hacia la escalerilla la cegaron, y se dio cuenta de que era una más en aquella puesta en escena antes de que la estrella del espectáculo hiciera su aparición. Los vítores fueron ensordecedores cuando el emir de Qalala asomó la cabeza. Al salir del avión, su nombre empezó a ser coreado y Lucy se recordó que aquel hombre era el padre de su hijo.

Tras descender la escalerilla y saludar al comité de bienvenida, Tadj se dirigió directamente a un todoterreno negro. Lucy se preguntó si toda aquella gente que estaba en la pista de aterrizaje se dirigiría también al castillo Wolf.

El vehículo de Tadj aceleró antes de que Lucy supiera en qué coche iba a viajar. Nunca se había sentido más sola que en aquel momento, entre aquella multitud de desconocidos que parecía saber exactamente a dónde se dirigían. La sensación de irrealidad se intensificó cuando una ráfaga de viento le llenó los ojos de arena. Entonces, reparó en que todo el mundo llevaba cubierta la cabeza. Uno de los guardaespaldas se acercó a ella y la condujo hasta uno de los todoterrenos.

Todo habría sido diferente si Tadj le hubiera explicado algo. ¿Se habría sentido él igual tres meses atrás?

Se subió al coche. Tadj había dejado de ser su amante para convertirse en el emir de Qalala, y no podía olvidarlo. Aunque fuera la madre de su hijo, su futuro en aquel país extranjero era desconocido e incierto.

Condujeron en la oscuridad durante kilómetros por carreteras llenas de baches cuando de repente distinguió unas luces a los lejos y unas murallas fantasmales. Una imponente fortaleza se adivinaba entre las sombras. Estaba iluminada y no resultaba siniestra. Había banderas ondeando al viento, celebrando el regreso del emir, y unos fuegos artificiales comenzaron a estallar en el cielo.

La ansiedad de Lucy dio paso a la curiosidad. El vehículo se detuvo ante la fortaleza, en donde se estaba celebrando la ceremonia de bienvenida a Tadj. Todo el mundo vestía la túnica tradicional de Qalala y la guardia real estaba alineada en un gran patio hasta una imponente entrada.

Se quedó sorprendida al ver a Tadj desaparecer dentro de las murallas. Justo en aquel momento, un viejo se acercó, se presentó como Abdullah y la saludó con un besamanos.

–Bienvenida a Qalala, espero que haya tenido un buen viaje. En cuanto esté instalada en sus habitaciones, pediré que le preparen algo de comer y le mostraré el programa de su agenda durante su estancia.

–¿Mi agenda? –preguntó Lucy.

–Su Majestad partirá hacia las minas de zafiro mañana por la mañana y quiere que lo acompañe.

¿Por qué no se lo había dicho Tadj?

–¿Estás lejos? –preguntó mientras sus pasos resonaban sobre el pavimento de piedra.

–A no más de un día de distancia –le informó Abdullah con una amable sonrisa y le hizo una seña para que lo precediera al entrar en el castillo.

Era lógico que Tadj estuviera ocupado. Acababa de llegar a su país. Tenía que tener paciencia. ¿Por qué querría que conociera las minas? Se distrajo contemplando el entorno. Aquella fortaleza histórica era impresionante, una combinación perfecta de lo antiguo y lo moderno. Detrás de su fachada se ocultaban toda clase de lujos actuales, incluido el ascensor que la llevó hasta sus aposentos situados en un torreón. Si aquel iba a ser su hogar durante el tiempo que estuviera allí, iba a disfrutar de una estancia mágica. Además, tenía la seguridad de que su padrastro nunca la encontraría allí.

Se quedó contemplando los tapices de seda, las alfombras coloridas y los espejos dorados.

–¿Le gustan? –preguntó Abdullah.

–Me encantan –respondió Lucy entusiasmada–. Por favor, transmítale mi agradecimiento al emir por permitir que me quede aquí, así como al personal que lo ha preparado todo –añadió reparando en los centros de flores, las bandejas de frutas y las jarras de zumos.

La suite del torreón era una estancia peculiar con muros curvos de piedra de los que colgaban coloridos adornos. Más allá de las ventanas se veían las almenas engalanadas con pendones para celebrar el regreso del emir.

–Su agenda, señorita Gillingham.

Lucy se volvió a tiempo de ver a Abdullah dejando una hoja sobre la mesa.

–Y el menú para esta noche –añadió, dejando una segunda hoja encima de la anterior–, aunque, por supuesto, en la cocina le prepararán lo que quiera cuando quiera –dijo solícito.

–¿Un sándwich de pollo? –preguntó ella, haciéndosele la boca agua.

El embarazo le estaba dando mucha hambre.

–¿Con patatas? –dijo Abdullah, anticipándose.

–Estupendo –replicó, relajándose por primera vez desde su llegada–. Antes de que se vaya, ¿me podría decir si Su Majestad tiene un teléfono directo?

No le agradaba la idea de estar a merced del emir de Qalala durante su estancia en el país.

–¿No le ha dado el número?

Si le decía la verdad, acabaría encerrada en aquel torreón hasta el día siguiente.

–Me lo iba a dar, pero con las prisas del viaje...

–Claro.

El hombre sacó un bolígrafo del bolsillo de su túnica y escribió el número en la hoja de la agenda.

Apenas Abdullah cerró la puerta al salir, Lucy tomó el papel. Justo debajo del número de teléfono leyó que estaba previsto que el helicóptero saliera hacia las minas al amanecer. Antes, quería hablar con Tadj. La incertidumbre por no saber lo qué sentía ante

la idea de convertirse en padre la tenía hecha un ma-
nojo de nervios. Pero no consiguió dar con él. Lo
llamó tres veces y llegó a la conclusión de que había
decidido no contestar sus llamadas.

Necesitaba respuestas y comenzó a dar vueltas por
la habitación hasta que no pudo resistirse y lo llamó
una última vez. De nuevo no obtuvo respuesta, así que
decidió pedir la cena. Después se daría un baño y se
acostaría. Tenía que madrugar por la mañana y quería
aprovechar el viaje para hablar con él. De pronto se le
pasó por la cabeza no viajar a la mina.

Capítulo 11

VIAJAR en helicóptero le resultó más divertido de lo que esperaba, aunque tardó unos minutos en acostumbrarse a ver el suelo desde aquella cabina de cristal. No temía nada con Tadj a los mandos.

Era una lástima no saber lo que pensaba. En los tres meses que habían estado separados, ambos habían cambiado. Aquel hombre que había creído tan divertido había resultado ser el gobernante de un país poderoso. Estaba esperando un hijo suyo, circunstancia por la que se había empeñado en hacer lo mejor para aquel bebé, fuera cual fuese el precio que tuviera que pagar. Echaba de menos al tipo sexy y simpático que había conocido en la cafetería y no pudo evitar preguntarse cómo habría sido la vida a su lado.

–¿Estás bien? –preguntó Tadj, su voz metálica e impersonal a través de los auriculares.

–Sí.

Aunque en su escudo apareciera un lobo enseñando los colmillos, lo cierto era que Tadj se preocupaba por su país y sus gentes, y aunque ella fuera una novedad pasajera para el emir de Qalala que apartaría de su lado tan pronto naciera su hijo, estaba convencida de que no debía temer nada de él. No era malvado como su padrastro, un hombre cuya riqueza y poder habían sido contaminadas por la miseria que había causado.

* * *

–¿Has entrado en calor?

¿De verás le importaba o tan solo estaba siendo cortés?

–Estoy muy bien –contestó Lucy, entusiasmada con la aventura que tenían por delante.

No hablaron más hasta que la alfombra dorada del desierto dio paso a una zona de matorrales. Lucy supuso que serían las estribaciones donde estaban las minas. Tadj se lo confirmó cuando le preguntó si estaban cerca.

–Tengo un proyecto para ti –añadió ante la sorpresa de Lucy.

–¿Un proyecto?

Siguió su mirada hasta el terreno que estaban sobrevolando y luego le dirigió una mirada interrogante.

–Digamos que se trata de un nuevo y emocionante enfoque de tu trabajo de final de curso –dijo disfrutando de la intriga que le estaba despertando.

–¿Ah, sí? –preguntó Lucy frunciendo el ceño.

–Combinar las obligaciones con el placer debería ser un plus para ti.

¿Qué significaba ese comentario?

–Las actividades de tu padrastro me han obligado a tomar ciertas medidas.

–¿De veras?

Lucy dirigió una mirada gélida a Tadj al mencionar al hombre que tanto temor le infundía. Además, ¿qué más podía hacer? Ya había hecho los preparativos necesarios para que su madre estuviera a salvo en su casa y era imposible que las conexiones de su padre llegaran hasta Qalala.

Era lógico que como Emir de Qalala quisiera proteger a su país, pero ¿de qué iba aquel proyecto del que hablaba?

–¿Puedes contarme algo más de ese proyecto?

–Por ahora, no.

Estaban preparándose para el aterrizaje.

Era crucial planificar. Era un hombre con visión de futuro cuyo éxito había conseguido la recuperación de Qalala. Nadie debía interponerse en sus planes, ni siquiera la madre de su futuro hijo.

–¿Quién es toda esta gente? –preguntó Lucy sorprendida, al ver la multitud que esperaba para darles la bienvenida.

–Mi equipo de mineros y sus familias –le explicó mientras descendían–. Cualquier excusa es buena para una fiesta.

Al reconocer algunos rostros familiares, Tadj se fue animando.

–Están muy contentos de verte.

Había llevado a Lucy hasta las minas de zafiro no para medir su popularidad, sino para que viera el alcance de su trabajo y conociese el patrimonio del que algún día disfrutaría su hijo. No había ninguna duda de que su heredero, fuera hombre o mujer, pasaría su infancia lejos de Qalala. Estaba emocionado ante la idea de compartir las tradiciones del desierto y las glorias de su bonito país, además de presentar a su hijo a su pueblo. Lucy, como su amante, formaría parte de todo aquello. Quería tenerla cerca. Desde el punto de vista profesional, ella sería un activo muy importante, y sabía apreciar el talento cuando lo encontraba. Trabajando con los mejores pulidores y diseñadores de joyas, siempre estaba aportando ideas nuevas para potenciar el oficio de la joyería. Lucy había ganado recientemente un prestigioso premio de la universidad por las exhibiciones que había organizado, convirtiéndola en la candidata perfecta para unirse a su equipo.

–Vamos a quedarnos aquí unos cuantos días –le

informó–. Así tendrás la ocasión de conocer el negocio y, de paso, a mí. Es lo que querías, ¿no?

–Sí –dijo volviéndose para mirarlo.

A pesar de que la transmisión del sonido a bordo no era buena, Tadj se percató del temblor de su voz y, antes de que el helicóptero se posara en tierra, el silencio había vuelto a reinar entre ellos.

Era emocionante estar allí. Todo lo que la rodeaba era sorprendente y, fuera cual fuese el proyecto que Tadj tenía en mente, tenía que tomarse las cosas con calma. Tenía que aprovechar aquella increíble oportunidad de conocer una mina de zafiros con alguien que podía contestar todas sus preguntas. Aquel viaje iba a añadir empaque a su currículum. Tenía que pensar en el futuro de su bebé y no se le ocurría mejor forma de iniciar su carrera.

¿Y su corazón? Por el momento tendría que dejarlo en un segundo plano. No era la única que tenía que ser realista. Tadj también tenía que enfrentarse a la realidad. Aquel refugio en particular, situado en el límite de una ciudad de jaimas, estaba tan bien equipado como cualquier hotel. Incluso se podía nadar en la zona de un lago protegida por rocas.

–¿Te gusta tu nueva habitación?

–¿No sabes llamar a la puerta?

–Dar golpes a una lona es bastante inútil.

–Me has dado un susto –dijo irguiéndose mientras se volvía para mirarlo.

–No resbales y te caigas al agua.

Se oía música a lo lejos y su ritmo pegadizo aumentaba la tensión en la tienda.

–Esta noche habrá un banquete con bailes –le explicó Tadj–. Por deseo de mi gente, asistiré y espero que tú también.

¿Qué más esperaba el emir de Qalala?

—Me gustaría ir —dijo, decidida a no dejarse arrollar por Tadj.

Él se encogió de hombros y su indiferencia entristeció a Lucy. Echaba de menos la complicidad que había surgido entre ellos aquella primera noche, pero no tenía ninguna intención de rebajarse para ganar el favor de Tadj.

—Me bañaré antes —dijo mirando hacia el lago.

—Me bañaré contigo. Deberías estar acompañada mientras nades.

—Nado muy bien —protestó Lucy, mientras el pulso se le disparaba.

—Pero estás embarazada. Nadar en aguas abiertas entraña riesgos.

Ya estaba harta de estar a solas y dedicarse a pensar todo el día. Se dio la vuelta y se desnudó hasta quedarse en ropa interior. Lo bueno de haberse criado entre delincuentes millonarios era el haber podido disfrutar de piscina cubierta, canchas de tenis y un montón de ponis. Cuando el padre de Lucy aún vivía, la misma propiedad no había sido más que una granja en la que sus padres se habían ganado la vida. Habían sido tiempos felices, pero cuando su padre murió, todo cambió. Su madre creyó que un sueño se había hecho realidad cuando un guapo desconocido se fijó en ella. Pronto, el cuento de hadas se había convertido en una pesadilla cuando la granja se transformó en un fortín, vigilado por hombres armados y mal encarados.

—¿Lucy?

La voz de Tadj la sacó de sus pensamientos. Cruzó los brazos sobre el pecho, como si no conociera cada centímetro de su cuerpo y lo miró, deseando que las cosas fueran diferentes. Oculta entre la jaima y la montaña que había detrás, había pensado nadar desnuda, pero con Tadj al lado en calzoncillos, sentía que el peligro acechaba. No pudo evitar jadear cuando la tomo por la cintura.

–Cuidado con las rocas. Sujétate a mí.

El agua estaba helada por el deshielo de las montañas y mientras nadaban uno al lado del otro, Tadj la condujo hasta el borde del acantilado desde el que el agua caía en cascada. Lucy se quedó mirándolo. Si aquella era su idea de seguridad, evitó pensar en ello. Debería haberse imaginado que la llevaría hasta el otro lado de la cascada, en donde estarían protegidos del resto del mundo.

–Nadas muy bien –le dijo estrechándola contra su cuerpo para que no se fuera.

–Tú también.

Deseaba aquello más que nada en el mundo, pero temía el momento en que Tadj traspasara la barrera emocional que los dividía porque eso supondría entregarle su corazón al emir de Qalala para que lo pisoteara. Tadj no tardó en reclamar su trofeo. Bajo el estruendo del torrente, unió su boca a la suya.

Era incapaz de rechazar a Tadj y ella le correspondió con la misma pasión. Le resultaba tan imprescindible como el aire que respiraba. Lo abrazó con las piernas por la cintura y dejó escapar unos gemidos. Nunca se cansaría de la atracción que había entre ellos. No era aquello lo que tenía planeado para su futuro más inmediato, pero si lo único que iba a haber entre ellos era sexo...

Tadj le quitó el sujetador y el tanga, y dejó escapar un suspiro de placer al ver su cuerpo desnudo.

–Sí –dijo y la penetró de una embestida.

A partir de ahí se libró una carrera imparable en la que ella puso la misma energía que él. No tenían suficiente el uno del otro y tras un violento orgasmo, empezaron a buscar el siguiente. Una fuerza salvaje los había poseído. Parecían animales apareándose desenfrenadamente, ignorando su alrededor.

–Sí –gritó, dejándose llevar por las sacudidas del orgasmo.

Tadj era un gran amante e incluso allí en el lago, con aquel torrente de agua cayéndoles encima, se aseguró de proporcionarle todo el placer posible. Cada vez que se quedaba quieta, estimulaba su zona más erógena hasta devolverla a la vida.

–Oh, sí –jadeó Lucy, mientras Tadj mantenía un ritmo firme y constante.

Se apoyó contra su pecho y dejó que hiciera todo el trabajo, mientras ella recuperaba las fuerzas flotando en el agua, concentrada en aquel lugar que se había convertido en el centro de su universo. Tadj sabía muy bien qué hacer, cómo estimularla, y enseguida llegó al límite una vez más.

–Ahora –le ordenó, susurrándole al oído.

–Oh, sí –jadeó, alcanzando el éxtasis con sus fuertes embestidas.

–¿Otra vez? –preguntó él cuando se quedó quieta para recuperar el aliento.

–No, no puedo más.

–No estoy de acuerdo –protestó Tadj–. Te conozco y sé que hay más. ¿Te lo demuestro?

–Por favor –le rogó, disfrutando de la manera en que sus grandes manos la tenían sujeta por las nalgas.

–No tienes que hacer nada, excepto disfrutar del placer –susurró con voz sensual.

¿Cuántos amantes habrían calmado su ardiente pasión en aquellas aguas refrescantes? Tadj y ella habían pasado a formar parte de la historia del lago. Aquel fue el último pensamiento de Lucy antes de que el placer invadiera su mente.

Salieron del lago dando grandes brazadas, nadando uno al lado del otro. Lucy se sentía cansada y ninguno de los dos parecía querer volver a tierra firme. La realidad la asaltó nada más salir del agua y ver una pila de toallas limpias sobre un banco. Aquello no formaba parte de su mundo, pensó mientras se secaba. Aquellas toallas eran la prueba de que el emir no estaba nunca solo. Pero siempre le quedaría aquello para recordar, independientemente de lo que pasara.

De vuelta a su jaima, Lucy encontró sobre la cama una túnica de seda a juego con unos pantalones en tonos azules. Era el atuendo que vestían las mujeres de Qalala.

–¿Te gusta? –preguntó Tadj–. Es el atuendo perfecto para una fiesta.

–¿La fiesta? Pensé que tendríamos ocasión de hablar. Después de todo, tenemos mucho que solucionar.

Tadj le dirigió una mirada fría. En un instante había vuelto a ser el emir. Si pensaba que iba a formar parte de su harén, lo llevaba claro.

–Si mi gente ha organizado una fiesta de bienvenida, eso tiene prioridad sobre todo lo demás.

Lucy apretó los dientes, tratando de no perder la calma. Aquel era el reino de Tadj y ella era su invitada.

–Por supuesto, estaré encantada de ser tu invitada.

–Asistirás como mi concubina.

–¿Tienes previsto hacer un anuncio oficial? –preguntó Lucy contrariada.

No había aceptado expresamente ser su concubina. De hecho, confiaba en que no la retuviera ahora que sabía todo lo de su padrastro.

Además, no estaba hecha para ser la amante de

ningún hombre y menos aún del emir de Qalala. Era una mujer demasiado independiente como para permanecer encerrada en una fortaleza al capricho de Su Majestad, por no mencionar el hecho de que no era lo suficientemente guapa como suponía debía ser una concubina. Tampoco tenía la sofisticación ni la clase para relacionarse con la alta sociedad. Era feliz con sus amigas de la lavandería y con sus compañeros de la universidad, vistiendo como todos los demás camisetas y vaqueros. Y, por encima de todo, estaba a punto de convertirse en madre y, con un hijo a su cargo, tenía una carrera que planificar, por lo que no podía perder tiempo dando vueltas a las cosas.

–No tengo que anunciar nada –dijo Tadj en tono indiferente, como si estuvieran hablando del tiempo–. Y tranquila, no tengo intención de avergonzarte.

–La gente lo adivinará cuando me vea a tu lado.

–Eso es.

Capítulo 12

COMO ya te dije, se han tomado medidas para que tu madre esté a salvo.

—Muchas gracias.

—De todas formas, hasta que me lo confirmen, te quedarás en Qalala. Al fin y al cabo, decidiste marcharte y estabas dispuesta a hacer cualquier cosa, a usar a quien hiciera falta, para que así fuera.

—Por favor, no me mires de esa manera. Nunca busqué quedarme embarazada, pero me alegro de estarlo.

—¿He de creerte?

—Debes creerme —insistió ella.

—¿Por el bien de nuestro hijo? Supongo que nunca sabré lo que estabas pensando aquel día de hace tres meses. Solo puedo hacer planes a partir de ahora.

Un ataque de ira la invadió.

—¿Cómo crees que me siento al pedirme que sea tu amante para satisfacer tus deseos sexuales?

—¿Mis deseos sexuales? —repitió Tadj riendo—. Gracioso viniendo de ti —dijo y antes de que Lucy tuviera oportunidad de hablar, añadió—: No olvides que estás bajo mi protección, incluyéndote a ti, a tu madre y al bebé.

—Nuestro bebé —lo corrigió—. ¿Qué me dices de mi padrastro? Nadie está a salvo hasta que ese hombre esté encerrado.

—Tu padrastro está de vuelta en la cárcel y de allí

no saldrá después de lo que han averiguado mis detectives.

Lucy se quedó en silencio. No podía creer que la pesadilla hubiera terminado. Aquello significaba que era libre y que su madre estaba a salvo. Tadj había conseguido lo imposible.

–¿De veras todo ha terminado? –susurró maravillada.

–Así es –le confirmó–. Deberías habérmelo contado desde el principio.

–Apenas nos conocíamos. No quería molestarte con mis problemas.

–Aun así, deberías habérmelo contado.

–¿Cómo podré agradecértelo?

–Ya se me ocurrirá algo –replicó con una de sus miradas oscuras e indescifrables–. Pero ahora, será mejor que te prepares para la fiesta. Será una manera de devolverme el favor. Y llama a tu madre antes. Vendré a buscarte en media hora.

–Muy bien, media hora –dijo Lucy consciente de que sería una llamada larga.

Lo que Lucy no esperaba era que varias mujeres aparecieran en su jaima nada más colgar con su madre y se ofrecieran para ayudarla a arreglarse. Era imposible no sucumbir a sus atenciones. La forma en que la habían acogido le recordó su primer día en la lavandería, donde tantas amigas había hecho. Lucy rio con ellas y escuchó sus consejos sobre peinados, maquillajes y formas de seducir a los hombres. En su opinión, la exótica belleza de aquellas mujeres eclipsaba su físico. Mientras se miraba al espejo, no pudo evitar preguntarse qué opinaría Tadj. Llevaba un elegante atuendo cosido a mano con el que se sentía como una reina y una sencilla flor en el pelo, detrás de la oreja.

–Está muy guapa –le dijo una de las mujeres–. El emir no podrá resistirse.

–Caerá rendido a sus pies –intervino otra.

Lucy se hundió de hombros. Por alguna razón, dudaba de que eso fuera posible.

–Ya veo que estás lista.

Se volvió y se encontró a Tadj detrás de ella. Estaba en la entrada de la jaima, su silueta a contraluz del resplandor de las hogueras del campamento. Viéndolo con la tradicional vestimenta del desierto, se convenció de que Lucy Gillingham era un caso perdido. Su pulso se aceleró y su cuerpo reaccionó ante la presencia de aquel jeque del desierto que parecía sacado de una fantasía. Vestido con una sencilla túnica negra, unos pantalones sueltos y un turbante en la cabeza, aquel soberano del desierto destilaba sexo. De nuevo, se sintió excitada.

El amor bullía en su interior, al igual que la incertidumbre. La fuerza de su presencia era innegable, pero ¿la estaría respetando como madre de su hijo o le venía bien que estuviera embarazada, para apartarla de su lado tan pronto como naciera el bebé? Para una mujer acostumbrada a llevar el control de su vida, era inquietante saber que aquella situación se le escapaba de las manos.

El padrastro de Lucy había sido un problema del que se había encargado de manera eficiente. Nunca más tendría que preocuparse por él. A pesar de todo por lo que habían tenido que pasar, no cambiaría nada, pensó Tadj mientras buscaba entre el grupo de mujeres a la única que podía poner su vida patas arriba. Lucy estaba muy guapa esa noche y, a pesar de la posición en la que se encontraba, no lo había fallado. Todavía estaba por ver qué pasaría en la fiesta de aquella noche.

Lucy era muy cordial con todo el mundo. Estaba sentada sobre unos cojines ante una hoguera y un buen número de personas la rodeaba. Una de las mujeres mayores estaba actuando de intérprete y parecía estar desenvolviéndose muy bien ante todas las preguntas que le estaban haciendo.

Al sentir que la estaba observando, Lucy lo miró de una manera que deseó correr a su lado. Pero era el momento de recibir a los jefes de las tribus. Deseaba poderle ofrecer más, pero hasta que las leyes de Qalala cambiaran, tenía que celebrar un matrimonio de conveniencia y contentar así a su gente.

Cuando acabaron las formalidades, se quitó el turbante, y Lucy se sorprendió al ver que lo dejaba en uno de los cojines al lado de ella.

–¿Qué te parece una demostración práctica del lugar que ocupo en tu vida? –le preguntó discretamente.

Sus palabras le provocaron una erección al instante, pero le dirigió una mirada de advertencia para que dejara de poner a prueba su paciencia. Nadie se dirigía al emir de Qalala de manera irrespetuosa delante de su gente.

–Tengo que prepararme para los juegos.

Lucy echó la cabeza hacia atrás y le dirigió una de sus miradas.

–¿No es eso lo que acabo de decir?

–Los juegos del desierto –replicó él impaciente, aunque una sonrisa lo delataba.

Nadie lo divertía tanto como Lucy.

–Desde luego –dijo ella mientras uno de los hombres entregaba un sable a Tadj–. No te cortes con eso.

–Lo intentaré –replicó y se inclinó para hablarle al oído–. Estate tranquila; nadie ha perdido la vida en estas fiestas.

–Siempre hay una primera vez –dijo Lucy justo en

el momento en el que un asistente le traía su caballo–.
¿Sabes montar en eso? –preguntó alarmada.

De un salto, Tadj subió a la grupa de su montura.

–Ya veremos.

–Recuerda que ahora tienes responsabilidades.

–Empiezas a parecer una esposa –comentó mientras hacía girar al caballo.

–Y tú un marido pendenciero –le gritó al verlo alejarse al galope.

Debería estar enfadado, pero deseaba demasiado a Lucy como para molestarse con ella. Estaba deseando que aquella competición terminara cuanto antes para hacer realidad sus deseos. De lo que no tenía ninguna duda era de que Lucy estaría esa noche en su cama y allí le haría pagar por su atrevimiento.

Lucy observó cómo se alineaba con los otros jinetes y reparó en que entre ellos había mujeres. ¿Por qué estaba sentada junto a la hoguera? Era una buena amazona y siempre había disfrutado mucho montando a caballo desde que su padre le enseñara. El juego no parecía demasiado violento. Los jinetes corrían en parejas por un camino iluminado con antorchas hacia una calabaza que colgaba de un poste. El primero en cortar la calabaza y volver al punto de partida, ganaba. Volvió la mirada hacia los ponis.

¿Qué demonios estaba haciendo? El pulso de Tadj se disparó al verla montando en uno de los ponis. Empezó a dar gritos de advertencia, pero echada sobre el animal que corría a galope, no podía oírlo.

¡Y le acusaba a él de correr peligros!

Hizo que su caballo se volviera y salió detrás de ella. La pista era larga y estaba llena de jinetes y de jóvenes encargados de colgar las calabazas. Al llegar a su altura, Lucy golpeó una calabaza, hizo girar su poni y pasó a su lado. Al levantar su trofeo en señal de

victoria, la multitud la vitoreó. Era una extraña entre
ellos y su sorprendente proeza la hizo ganarse la admiración de los espectadores. Pero no la suya. Espo-
leó a su caballo y al alcanzarla, la tomó por la cintura
y la colocó sobre su montura, lo que provocó otra
ronda de vítores.

–¿Qué demonios crees que estás haciendo? –preguntó furiosa.

–Protegiéndote de ti misma –respondió, sujetándola con fuerza.

Llegaron hasta donde estaban los ponis, se bajó del
caballo y la ayudó a desmontar.

–No sé a qué piensas que estás jugando. Sabía perfectamente lo que estaba haciendo. De pequeña jugaba a algo parecido en la granja.

–¿Estabas embarazada entonces?

–No te atrevas a sugerir que he puesto en peligro a
mi bebé –le advirtió mientras él la precedía.

–Bueno, pues no pienses en participar en juegos
así mientras estés a mi cargo, en especial si son peli-
grosos –añadió mientras la acompañaba de vuelta a la
jaima.

–¿Por qué no? ¿Acaso no son adecuados para tu
concubina? –dijo y antes de que él pudiera contestar,
continuó–. Había otras mujeres, además de niños.

–Eres tú quien me preocupa y déjame que te recuerde por si lo has olvidado que estás embarazada.

–¿Ah, sí? ¿De veras te preocupo? Pues me tenías
muy engañada. Me ignoras la mayor parte del tiempo,
salvo cuando las ansias carnales te asaltan.

–Eso no es cierto –farfulló Tadj.

De pronto cayó en la cuenta de que al igual que
nadie lo hacía reír como Lucy, tampoco nadie desper-
taba sus sentimientos más contenidos como ella. El
bienestar de Lucy y su hijo eran primordiales.

–¿Te molesta que participe en los juegos porque soy mujer o porque soy tu amante?

–¡Porque estás embarazada!

–Así que ahora te importa.

Debían de ser las hormonas del embarazo, pensó Tadj al ver que los ojos se le llenaban de lágrimas. Pasaba de estar alegre un minuto, a estar al borde de una crisis emocional al siguiente. Había estado leyendo últimamente sobre aquel tema y reconocía los síntomas.

–Claro que me importa –insistió él y de repente se dio cuenta de que estaba gritando.

Nunca había perdido el control. Llevado por la ira, le quitó el sable de las manos y se lo entregó a un asistente.

–Estoy embarazada, no enferma –afirmó mientras él la seguía hasta el interior de la jaima.

–¿Y si te hubieras hecho daño?

–Podrías haberme devuelto como artículo defectuoso –dijo divertida–, y haberte buscado otra amante.

–No seas ridícula.

–¿Te parece que lo estoy siendo? Me traes aquí con una cosa en mente, ser tu concubina, y consciente de que no accedería, te inventas excusas para conseguir que venga hasta aquí.

–Prueba de lo mucho que me importas.

–Prueba de que eres un maniático del control –lo corrigió.

–¿Y qué me dices de ti? Gracias a una mentira llegaste hasta aquí.

–No me importa lo que pienses –dijo con voz temblorosa–. Hice lo que tenía que hacer.

–Claro que te importa –farfulló tomándola de los brazos–. Te importa mucho y por eso estás siempre tratando de agradar a todo el mundo.

–De acuerdo, me quedaré, siempre y cuando ambos estemos de acuerdo en los términos.

–¿Ahora quieres poner tú las condiciones? –preguntó Tadj bajando la cabeza para mirarla a los ojos.

–Por supuesto. ¿Por qué te resulta tan divertido? Solo porque nadie te lleve la contraria no significa que yo esté dispuesta a hacer lo mismo. Necesito trabajar para mantenernos a mi hijo y a mí, pero estoy dispuesta a aprender todo lo posible sobre el linaje de nuestro hijo y por eso voy a quedarme en Qalala hasta que empiecen las clases de la universidad.

–¿Así que estar conmigo no tiene nada que ver con tu decisión?

Lucy frunció el ceño y permaneció en silencio. Era tan testaruda como él.

–Eres la mujer más irritante que he conocido –dijo e hizo una señal a los sirvientes para que se fueran–. Siéntate –le ordenó.

–Y tú también, ¿o es que acaso me vas a echar un sermón como si fuera una niña?

Lucy era una mujer preciosa que estaba esperando un hijo suyo. No se le ocurría mejor madre. Cómo lidiar con el carácter de Lucy era una pregunta para otro momento, pero ¿quería cortarle las alas? ¿Podría convencerla de que se quedara? El dinero no le interesaba, así que por primera vez en su vida no las tenía todas consigo.

–Como te dije en el avión, tengo una propuesta que hacerte y no tiene nada que ver con que seas mi amante.

–Es un alivio. ¿De qué se trata?

–Quiero ofrecerte un puesto trabajando con los zafiros. Tendrás un sueldo como los demás.

–¿Y en qué consistirá el trabajo?

–En organizar una exposición de joyas. Quiero

crear un museo de patrimonio cultural y reunir una colección itinerante.

—No parece muy complicado –dijo con ironía, aunque un brillo de interés asomó a sus ojos.

—Es bastante insignificante –replicó Tadj siguiéndole el juego.

—Seré una pequeña pieza de una gran rueda.

—Cierto. Pero cada pieza tiene algo único que ofrecer y, sin ella, la máquina no funciona.

—Suenas muy convincente –afirmó Lucy con ironía.

—Esa es mi intención.

—Ahora en serio, es el trabajo de mis sueños.

—¿Por qué no aprovechar tu formación?

—Si accedo, no puedes tratarme como si fuera una muñeca de porcelana.

—No me callaré mi opinión.

—Yo tampoco –replicó ella entusiasmada.

—No esperaba menos de ti –dijo Tadj atrayéndola entre sus brazos.

—¿Cuándo me llevarás a ver la mina y el museo?

—Cuando te diga que puedes.

—¿Cuándo puedo empezar? –preguntó mirándolo de aquella manera que tanto lo excitaba.

—¿Ahora mismo?

Solo tenían que mirarse a los ojos para entenderse. Se complementaban muy bien y Lucy no dejaba de sorprenderlo. De repente cayó de rodillas delante de él y lo tomó con la boca por encima de los pantalones. No pudo seguir pensando con claridad.

—¿Quién está al mando ahora? –susurró ella alzando la vista para mirarlo.

Tadj echó la cabeza hacia atrás y rio, pero enseguida se quedó en silencio disfrutando del placer que su boca le proporcionaba. Una oleada de sensaciones lo invadió y jadeó al tomar aire. Parecía que no era eso lo único que tenía en mente. Sus dedos temblorosos buscaron su entrepierna y enseguida liberó su miembro erecto.

La sensación de la boca cálida de Lucy era indescriptible. Bastaba decir que las caricias de su lengua prometían un final como nunca antes había conocido.

Capítulo 13

ESTO es lo que necesitas, lo que ambos necesitamos...

—Me tienes hechizado –gruñó, mientras Lucy llevaba la iniciativa.

—Tengo que advertirte de que no soy la amante de nadie, hago esto porque quiero –dijo entrelazando los dedos a los suyos.

—Lo sé –replicó Tadj y alabó la destreza con la que estaba llevando a cabo su amenaza.

—A estas alturas sé muy bien lo que te gusta.

La levantó del suelo y le quitó la ropa. Luego la colocó a horcajadas sobre él, dispuesto a demostrarle la razón que tenía en cuanto a lo mucho que necesitaban aquello. Agitándose con desesperación, enseguida llegaron al límite y en unas cuantas embestidas alcanzaron un placer tan intenso, que se quedaron saciados a la vez de deseosos de más.

—Esta noche no –dijo Lucy mientras recogía su ropa–. Mañana te diré si acepto el trabajo, después de visitar las minas de zafiro. De ello depende que decida quedarme.

—Tienes mucho en qué pensar –dijo mirándola fijamente a los ojos–. Déjate llevar una vez más. Disfrutarás y te ayudará a dormir mejor.

Lucy se quedó sin respiración cuando la tomó en brazos y la dejó sobre la cama.

–Eres un hombre muy malo –susurró con una expresión que lo atormentó.

Tadj era un amante increíble. Era capaz de hacer estallar de gozo cada rincón de su cuerpo y tenía razón al afirmar que era incapaz de resistirse a él. ¿Por qué hacerlo cuando solo tenía que cerrar los ojos y abandonarse al placer? Su respiración entrecortada al compás de sus jadeos la excitó aun más y el estallido de liberación que siguió la sacudió en cuerpo y alma. No supo distinguir el momento en el que el placer se transformó en agotamiento y finalmente se durmió. A la mañana siguiente, se despertó en brazos de Tadj y fue el momento más feliz de su vida.

–Te quiero –susurró, con el convencimiento de que estaba profundamente dormido.

Tadj resopló, pero no se movió. Aun así, no tardó en despertarse. La encontró tumbada de lado, dándole la espalda, por lo que apenas tuvo que moverse para acoplarse a ella por detrás.

Lucy arqueó la espalda y le ofreció las caderas para facilitar el placer. Hacer el amor tan plácidamente era una forma maravillosa de empezar el día. Se aferró a una almohada y se concentró en las sensaciones, abandonándose al placer.

–¿Mejor? –preguntó Tadj llevándola al límite–. ¿Es esto lo que querías? –añadió con una sonrisa triunfal.

Lucy jadeó de placer cuando volvió a empezar de nuevo.

–¿Ves lo que pasa cuando eres una buena chica?

–No puedo ser buena todo el tiempo.

–Ya me he dado cuenta.

–No soy una mojigata –insistió adormilada, con una sonrisa de satisfacción.

–Por supuesto que no.

–¿Percibo una nota burlona en tu voz? –lo retó.

–¿Todavía tienes ganas? –preguntó acariciándola como tanto le gustaba.

Lucy empujó las caderas y lo reclamó.

Después de darse un baño en el lago, Lucy se puso sus vaqueros y una camiseta con la sensación de que iba a ser un día maravilloso. Todavía sentía un cosquilleo después de haber el hecho el amor con Tadj. Quería más, siempre quería más, aunque estaba deseando conocer las minas de zafiro.

Primero hicieron un breve trayecto en helicóptero, que una vez más pilotó Tadj y cuando aterrizaron, continuaron el viaje en todoterreno.

Su entusiasmo era contagioso. Atrás había quedado el emir frío y distante, y volvía a ser el tipo que había conocido en la cafetería.

–¿Estás preparada? –le preguntó besándola en el cuello.

–Para lo que haga falta –replicó Lucy con mirada ardiente.

Estaba tan atractivo que le resultaba difícil concentrarse.

Salieron del coche y se quedó observando lo guapo que estaba cuando se ponía serio. Deseó estar entre sus fuertes brazos. Tanto dentro como fuera de la cama, Tadj era una visión impactante, aunque mucho más compleja de lo que parecía a primera vista.

–Algunas vetas de zafiro se encuentran en rocas, por lo que su extracción se hace por métodos tradicionales –le explicó en un tono grave que la hizo estremecerse–. Otras veces se extraen del lecho de antiguos ríos y solo hace falta un cedazo para sacarlos –añadió y se dio cuenta de que Lucy parecía interesada en algo más que en piedras preciosas–. ¿Te pasa algo?

–Creo que me gustas más aquí en las montañas. Eres un hombre diferente.

–¿Diferente al que ha estado contigo en la cama hace dos horas? Soy el mismo hombre con intereses diferentes.

¿Qué le deparaba el futuro? Aquel hombre en vaqueros era el mismo que había conocido en una cafetería y le costaba asumir que fuera el emir de Qalala, con una vida tan diferente a la suya.

El viaje a la mina estaba sirviendo para aclarar las cosas. Todo estaba resultando mucho mejor de lo que Lucy había imaginado y se sentía fascinada. Tadj contaba con un equipo muy entusiasta y estaba deseando formar parte de él hasta el punto de que empezó a dar vueltas a algunas ideas para la exposición.

–Creo que podríamos mejorar mucho el museo de patrimonio cultural. Tienes unas joyas espectaculares, pero el sitio parece un almacén. Creo que sería buena idea organizar excursiones para que los visitantes conocieran los distintos tipos de extracción y la forma en que se cortan las piedras, y luego hacer demostraciones de cómo se pulen y se engarzan.

Ante los comentarios de entusiasmo de su equipo, Tadj supo que no se había equivocado al elegir a Lucy. Todavía estaba por ver si aquello sería suficiente para convencerla de que se quedara en Qalala.

–Bueno, veo que tu entusiasmo es contagioso –dijo una vez se despidieron del equipo, que se quedó comentando las últimas ideas.

El personal había organizado un picnic junto al lecho seco del río y Lucy tuvo la oportunidad de quedarse a solas. Había llovido recientemente y se había formado una piscina en la que refrescarse después de una intensa mañana recorriendo la mina. Al caer la tarde, disfrutaron del delicioso banquete que los cocineros habían preparado y de los zumos de frutas que los sirvientes habían mantenido frescos sumergiéndolos en la corriente del río.

Al caer la noche, Tadj se tumbó de espaldas para contemplar el paso del día a la noche y admirar la bóveda de estrellas del cielo que apareció sobre sus cabezas cuando el sol se ocultó detrás de las montañas.

—Esto es lo más bonito que he visto en mi vida —comentó Lucy, tumbada a su lado—. Tu país es deslumbrante, no sé si te lo mereces —añadió y se volvió sobre su estómago para mirarlo.

Tadj rio y la atrajo entre sus brazos. A pesar de que era un emir, se sintió como el rey del universo al besar a Lucy Gillingham. Había disfrutado mucho del día viendo el mundo a través de sus ojos. Tenía razón cuando decía que Qalala era deslumbrante.

—¿Vas a quedarte? —preguntó, confiando en que su respuesta fuera afirmativa.

—Sí, si tengo contrato. Me parece lo más razonable.

Aquello no se lo esperaba. Se echó hacia atrás y se quedó mirándola fijamente.

—Las joyas que has visto tienen que estar de gira antes de fin de año, lo que significa que el tiempo apremia.

—No puedo organizar mi vida según tu calendario. Tengo un bebé en el que pensar.

Un arrebato de ira se apoderó de él. ¿Por qué no había nada seguro con Lucy?

—Además, tengo que acabar la universidad —le recordó mientras se ponían de pie—. Quiero terminar mis estudios antes de que nazca el bebé.

—Sí, lo sé. Pero como dices, el tiempo corre.

–Quiero volver a casa por Navidad.

–¿A casa?

–Sí, a la lavandería.

–¿Y si no me parece bien?

–Escucha –dijo Lucy, tratando de sonar razonable–. No quiero parecer desagradecida por este maravilloso ofrecimiento que me estás haciendo ni estropear un día tan especial. Estoy deseando entrar a formar parte de su equipo. De hecho, me hace mucha ilusión participar en el proyecto.

–¿Y no te hace ilusión quedarte conmigo?

–No he dicho eso y no es cierto. Es solo que algunas cosas son sagradas para mí y una de ellas es valerme por mí misma.

–¿Incluso después de haber visto todo esto?

No era solo un trabajo. Quería que Lucy se quedara con él, sí, como su concubina, aunque las cosas podían cambiar con el tiempo. Como cualquier otro país, Qalala necesitaba tiempo para modernizarse y, de momento, Lucy contaría con todos los privilegios que podía ofrecerle.

–Permíteme que te interrumpa. Soy consciente de que un hombre como tú está acostumbrado a hacer lo que quiera y de que tienes que hacer lo mejor para tu gente. Acepto que eso incluya un matrimonio concertado por el bien de Qalala, y es por eso por lo que me preocupo.

–Me importas más de lo que crees.

–Entonces, déjame marchar –dijo Lucy con los ojos llenos de lágrimas.

–No puedo. Te quiero a ti y a nuestro hijo aquí, en Qalala.

–Pero te debes a tu país, Tadj. No es sencillo.

–Desde luego que no –convino.

No podía ofrecerle nada a Lucy en aquel momento y no quería darle falsas esperanzas.

—Como quieras.

Ante la posibilidad de perderla, la realidad lo asaltó. Cada palabra que se le ocurría para convencerla de que no se fuera era como si se clavara un puñal en el corazón.

—Me aseguraré de que no os falte nada —dijo en tono neutral para ocultar lo que sentía.

—¿Me estás sobornando?

—Solo estoy cumpliendo con mi deber.

—Si no te das cuenta de lo mucho que me duele, creo que ambos tenemos razón: debo irme. No hay nada más que decir. Pero no quiero dinero, nunca me ha interesado la riqueza material. Lo que me importa eres tú —confesó—. A ti lo que te preocupa es Qalala y así debe ser. Ambos nos debemos a nuestras obligaciones, tú con tu país y yo conmigo misma. No quiero llevar una vida como la de mi madre, siempre deseando que las cosas mejoraran. Quiero darle una vida estable a mi bebé. Qalala no puede tener la mitad de tu atención y yo tampoco. Pero quiero que sepas que me importas.

—¿Que te importo? —repitió incrédulo.

—Sí. Si no puedes encontrar la manera de combinar tu vida personal con lo que es mejor para Qalala, creo que nunca serás feliz. No quiero ponerte las cosas más difíciles ni quiero que nuestro hijo crezca en medio de unos padres que siempre estén en guerra. Es mejor que vivamos separados y que disfrutemos de nuestro hijo, a que vivamos juntos y seamos infelices.

—La decisión es tuya —dio él después de unos segundos—. Nunca te retendría aquí en contra de tu voluntad.

—No, la decisión es de los dos. Como sé que no vas

a cambiar, voy a cumplir con el plan y me iré a casa cuando tenía previsto. Tenía pensado que habláramos al volver de la mina y decir juntos lo que fuera mejor para nuestro hijo, pero no estás preparado todavía y tal vez nunca lo estés.

—Las minas de zafiro traen prosperidad a mi gente y no voy a dejar de pensar en ellos porque tienes que entender que juegan un papel vital en el futuro de Qalala. Dices que quieres conocer el linaje de tu hijo, así que quédate y acepta que siempre antepondré mi deber hacia Qalala y su gente a mis deseos.

—Pero si no eres feliz, ¿cómo vas a hacer feliz a tus súbditos? —argumentó Lucy—. ¿Y dónde encaja nuestro hijo en tu plan? Un niño lo cambia todo.

—¿Crees que no lo sé?

—Me refiero a que lo cambia todo entre nosotros.

Tadj no estaba acostumbrado a los sermones y se dio la vuelta.

—Supongo que esperas que te lleve a casa —dijo mucho más sereno.

—¿De vuelta a King's Dock? No te preocupes, estoy segura de que sabré arreglármelas sola. Te mandaré mis propuestas para la exposición tan pronto como pueda y, si te parece bien, participaré en las reuniones del equipo por internet. No creo que haya inconveniente en organizarlo desde la distancia y estoy dispuesta a viajar cuando sea necesario.

—¿Con el bebé a la espalda?

—Sí, si es necesario.

—Estás hablando de nuestro hijo y tengo pensado implicarme en su educación.

—Entonces, será mejor que saquemos tiempo para hablar. Como dices, el reloj está corriendo.

—Estoy seguro de que lo tienes todo pensado —comento Tadj con amargura.

–No te enfades, agradezco de veras la oportunidad que me estás dando y...

–¡Para ya! Aprovecha este proyecto para tu trabajo final de carrera.

–Lo haré.

Se quedaron mirándose fijamente a los ojos. El vínculo entre ellos era tan estrecho como siempre y así seguiría siendo cuando naciera su hijo, pero cuando se trataba de sentimientos eran incapaces de comunicarse.

–Te echaré de menos –dijo Lucy en tono neutral, pero sus ojos estaban tristes.

–No tienes que marcharte inmediatamente.

–Sí –insistió–. Tengo algunas ideas para la exposición. Seguiremos en contacto. Ya hablaremos por internet cuando se acerque la fecha del parto para organizarnos.

Hablar sobre el futuro de su hijo por internet era lo más parecido a aquel niño que esperaba a ser recogido del internado por unos padres a los que no importaba. Su peor pesadilla era convertirse en aquella clase de padre.

–Te llamaré a menudo.

–Será mejor que sigamos con nuestras vidas –dijo Lucy.

Capítulo 14

ABANDONAR Qalala fue una agonía. Lucy había insistido en tomar un vuelo comercial, lo que había empeorado las cosas porque había tenido que ocultar sus emociones y fingir que no se le había partido el corazón. No debería haber sido difícil para alguien acostumbrado a contener sus sentimientos, pero así había sido porque se había mostrado tan distante como Tadj. ¿No habría sido preferible hablar del bebé en vez de visitar minas y locales para montar su exposición?

Lucy llegó a la conclusión de que ambos tenían su parte de culpa. Tadj se sentía obligado hacia Qalala y no se permitía llevar una vida privada, y ella era igualmente inflexible con su independencia. La destrozaba por dentro imaginarse a Tadj casándose por el bien de su país. No sería bueno para él ni tampoco para su esposa y los hijos que tuvieran. ¿Era esa la recompensa por cumplir con su deber? Si así era, más bien parecía una venganza y estaba en manos de Tadj introducir cambios en Qalala. En eso, ella no podía hacer nada y debía dedicar todas sus fuerzas en darle un entorno estable para su hijo. Si Tadj quería involucrarse en la vida del bebé, no se lo impediría, pero ¿debería quedarse a la espera hasta que diera el paso?

Se sentía triste por todas las cosas que Tadj se perdería. Quería compartir los primeros vestigios de vida con él para que sintiera la misma alegría que ella sentía en aquel momento. Tal vez se hubiera cansado de ella y se alegraba de verla marchar. Una vez de vuelta en la fortaleza, la había ayudado a preparar el viaje de vuelta. Por un lado se había sentido aliviada porque no había habido entre ellos escenas desagradables, pero hasta el último momento había tenido esperanzas de que le pidiera que se quedara y resolver aquello de alguna manera.

Lucy suspiró mientras observaba las nubes por la ventanilla del avión. Aquello no era más que un sueño. Tadj era el emir de Qalala y nunca seguiría los dictados de su corazón.

–Te llamaré –le había dicho en el aeropuerto al despedirse de ella con un beso en cada mejilla.

–¿Para hablar de trabajo?

–Para todo.

Se había dado media vuelta y se había alejado en medio de un regimiento de guardaespaldas. Esa era la vida de Tadj, una vida solitaria.

Por lo menos, seguirían en contacto gracias al proyecto de los zafiros. De momento, tenía que concentrarse en sus estudios y en mantener sus trabajos. Si Tadj encargaba a alguno de sus empleados que se encargara de su hijo, se sentiría muy dolida, pero tendría que superarlo. En aquel estado de confusión, sacó un cuaderno y empezó a hacer algunas anotaciones de las primeras ideas que se le habían ocurrido para la inauguración de la exposición de zafiros de Qalala.

Un fuerte sentido del deber y gobernar Qalala regían su vida. Aquellas dos cosas siempre le habían sido suficientes en el pasado porque estaba entregado a su país y a sus súbditos, pero con Lucy fuera de su vida no podía respirar, ni pensar con claridad, ni dormir, ni trabajar.

Había llegado el momento de pasar a la acción, decidió apartando el montón de papeles que tenía delante. El documento más importante no estaba allí puesto que no existía. Era consciente de lo que había perdido y de lo que podía perder, y estaba dispuesto a luchar no solo por Qalala, sino por Lucy y por su hijo.

Después de convocar una reunión extraordinaria del consejo para analizar la ley del matrimonio, los veintiún miembros habían estado de acuerdo con él en que había que hacer cambios.

–¿Acaso se respira amor en el ambiente? –le preguntó Abdullah al salir de la reunión.

–Quiero casarme con la mujer que yo escoja –respondió–. Eso, si ella está dispuesta a aceptarme –añadió con una nota de humildad en su voz.

–Así que es Lucy, ¡lo sabía! –exclamó Abdullah–. Es perfecta para ti.

Tadj aceleró el paso para efectuar de manera inmediata los cambios en la ley.

Gruñó de impaciencia al desembarcar de su avión. Lucy debía de estar ya embarazada de siete meses. Ese era el tiempo que había tardado en acelerar los cambios en las leyes de Qalala.

Por suerte, ser el emir de Qalala además de uno de los hombres más ricos del mundo tenía sus ventajas. Podía disponer de la flota de aviones cuando quisiera, así como de yates, además de no tener que cumplimentar formalidades cuando llegaba a un país extranjero. Su yate estaba amarrado en King's Dock y hacia allí se dirigía. No debería haber dejado marchar a Lucy y deseó que la limusina fuera más deprisa.

Todavía quedaban dos meses de embarazo. Podría estar en el nacimiento de su hijo y antes, tendrían tiempo de discutir los detalles de lo que harían a continuación. Cada vez que habían hablado, Lucy había dirigido el tema de conversación hacia la exposición que estaba preparando con su equipo. Todavía no había superado el daño que su padrastro le había causado y estaba en sus manos cambiarlo para que pudiera disfrutar de la felicidad que se merecía.

Esperaba que siguiera trabajando en la lavandería y no se equivocó. Agotado y falto de sueño, con las solapas levantadas para protegerse de aquel tiempo horrible, miró por el escaparate y el ánimo se le levantó. Tras el mostrador estaba Lucy tan alegre como siempre, charlando con unos clientes. Tuvo que tomarse un momento. El corazón le había dado un vuelco al volver a verla. Nunca se había sentido así.

La campanilla de la puerta tintineó anunciando su entrada.

–¡Tadj! –exclamó Lucy al verlo y palideció.

Temiendo que solo su presencia le afectara, corrió a su lado. Debería haberla avisado de su llegada. Estaba echado sobre el mostrador, sujetándola por los brazos para impedir que se cayera. La miró para comprobar que estuviera bien y fue capaz de respirar cuando vio que el color había regresado a sus mejillas.

–Tenemos que dejarnos de ver así –murmuró, observándola con atención.

Lucy se soltó. Los clientes se habían marchado y estaban solos, y siguió trabajando marcando las prendas.

–¿Puedes tomarte un descanso?

–En media hora paro para comer.

–¿Puedo invitarte a un café?

—¿En la cafetería en la que nos conocimos?

—Allí nos veremos.

—Estará muy concurrida. Si llegas antes, busca mesa.

Lucy no había llegado aún. ¿Dónde se había metido? Tadj no dejaba de mirar hacia la puerta preguntándose si le habría dado plantón o si habría salido corriendo para ocultarse en un lugar donde no pudiera encontrarla. Le fastidiaba que le hubiera dado plantón, pero lo que no soportaba era la idea de que hubiera huido de él. Así que pidió otro café, decidido a aprovechar aquel momento para pensar en un plan. Pero la impaciencia se lo impidió. ¿Qué sentido tenía planificar cuando Lucy era tan impredecible? Tenía que encontrar una manera de convencerla, pero antes necesitaba tenerla a su lado. Se quedó mirando la puerta, como si eso pudiera hacerla aparecer.

La inesperada aparición de Tadj en la lavandería la había sorprendido. ¿Qué quería? ¿Acaso esperaba que hubiera cambiado de idea respecto a convertirse en su concubina? Pensó si habría algún problema en el trabajo, pero no se le ocurrió ninguno. Se habían estado comunicando por internet y los planes para la exposición de zafiros iban bien. Con un poco de suerte, habría ido a hablar del bebé. Anhelaba un compromiso y el pulso se le aceleró al pensar en Tadj.

Se apresuró en darse una ducha, pero embarazada de siete meses, no se veía bien con nada. Su imagen en el espejo le trajo a la cabeza la imagen de Tadj. ¿Cómo iba a encontrarla atractiva en su estado? ¿Y por qué debía importarle? Probablemente no seguiría queriéndola como amante, así que no era algo que debiera preocuparla.

El hecho de que no hubieran hablado de nada personal desde que Lucy se había ido de Qalala era tan culpa suya como de él. Había preferido que las cosas se enfriaran y eso había supuesto que Tadj se hubiera perdido escuchar el latido de su bebé y verlo en las ecografías. Se sentía mal por ello, pero no podía permitir que volviera a su vida como si nada hubiera ocurrido. Durante esos últimos meses, no había estado mano sobre mano. Si pensaba lo contrario, iba a llevarse una gran sorpresa.

Cuando estaba a punto de salir, unos copos de nieve empezaron a caer. Pronto sería Navidad y tenía pensado dejar de trabajar y esperar la llegada del bebé. Su madre se iría de crucero y ella se quedaría sola. Algunas amigas la habían invitado a pasar las fiestas en su casa, pero eso solo serviría para recordarle lo mucho que echaba de menos a Tadj.

Apartó aquellos pensamientos y salió hacia la cafetería luchando contra el viento. En lugar de un vestido suelto, se había decantado por uno ajustado que tenía reservado para Navidad. No quería que pensara que se sentía débil solo porque estuviera embarazada, y estaba orgullosa de su barriga. Además, ya no podía ocultarla, pensó contemplando su reflejo en un escaparate. Ya no podía ocultar su estado y ¿por qué hacerlo? Con una prometedora carrera por delante, le iba bien sin Tadj. Si quería formar parte de su vida, entonces tendría que...

Tendría que pedírselo, pensó Lucy al llegar a la cafetería y verlo en el interior.

Al entrar Lucy, el día pasó de gris y apagado a radiante. Su sola presencia era impactante y varias cabezas se volvieron mientras avanzaba hacia la mesa en la que la esperaba. Llevaba un abrigo rojo que no le cerraba por lo abultado de su vientre, y se la veía más frágil que en la tienda. El viento gélido había hecho que la nariz se le pusiera del color del abrigo.

Tadj se levantó y le separó la silla.

—¿Cómo estás?

—Embarazada —respondió mirándolo a los ojos—. Y ocupada —añadió suavizando su tono—. ¿Has visto los últimos dibujos que te he enviado?

—No solo los he visto, sino que les he dado el visto bueno. Pero no es eso de lo que he venido a hablar. Quiero que me hables de ti.

—¿De mí? Me siento muy bien y estoy deseando que nazca el bebé.

—¿Estás lista para que hablemos?

—Sí.

—Supongo que habrás pedido el resto del día libre, ¿no?

—No. Necesito este trabajo.

Por suerte, la camarera eligió aquel momento para llevarle el café y las tostadas con queso que había pedido, adivinando que Lucy llegaría con hambre.

—Estupendo, estoy muerta de hambre, pero has elegido por mí —añadió y frunció el ceño antes de romper a reír—. Deberías ver tu cara. Ahora en serio, gracias. Estoy hambrienta todo el tiempo y esto tiene una pinta deliciosa.

—Pues come.

Lucy dio cuenta de la primera tostada.

—Disculpa que coma con tantas ansias. Es como si todo lo que comiera fuera directamente al bebé —añadió, riendo otra vez.

—Tómate tu tiempo y disfruta. ¿Estás segura de que estás comiendo bien? —preguntó preocupado al verla devorar el plato.

–¿Has oído eso de comer por dos?

–¿No estarás esperando gemelos, no? –preguntó Tadj y ambos rieron.

–No, he visto las ecografías y solo hay uno.

–Creo que alguien debería cuidar de ti.

–¿Ah, sí?

Al ver que la sonrisa se borraba de su rostro, Tadj pensó que se había precipitado. Tenía que ser más comedido para ganarse la confianza de Lucy. Por desgracia, con Lucy allí sentada esbozando una sonrisa desafiante, se le hacía una misión imposible.

–¿Has terminado? ¿Nos vamos? –preguntó levantándose, dispuesto a marcharse.

–Ya veo que estás impaciente –comentó mirándolo fijamente.

–Recuerda que el reloj está corriendo.

Se sintió aliviado al verla levantarse.

–¿Dónde tienes pensado que vayamos a hablar? Tengo media hora antes de volver a la lavandería.

–Mi yate está amarrado en el puerto.

–Sí, claro –dijo e hizo una pausa–. ¿Estás de broma, no?

–¿Eso crees?

–No voy a ir a tu yate. No quiero correr el riesgo de que zarpe estando a bordo.

–¿Por qué iba a hacer eso? –preguntó esbozando una sonrisa.

–Así que de verdad has venido a hablar del bebé.

–Sí, y de nosotros.

–No hay un nosotros –dijo ella mientras salían de la cafetería–. Y no he cambiado de opinión: no quiero ser tu concubina –añadió nada más cerrarse la puerta–. No quiero llegar tarde al trabajo. Esta noche me van a hacer una despedida.

–¿Una despedida?

–Sí. He decidido montar una pequeña empresa de diseño. He dado una señal para alquilar una pequeña casa y trabajar desde allí cuando el bebé nazca. Todo gracias a la oportunidad que me diste. En cuanto la prensa se enteró de mi papel en la exposición de los zafiros, el teléfono no ha parado de sonar.

–Me alegro, pero teniendo en cuenta que no vas a trabajar cuando nazca el bebé, no veo por qué es importante.

–¿Cómo dices?

–Eso, que en cuando nazca el bebé yo me ocuparé de manteneros.

–Quizá debería volver ya –dijo Lucy deteniéndose en mitad de la acera.

–No, por favor –replicó en tono conciliador–. Dame media hora y te lo explicaré todo.

–Aunque te dé una semana, no podrás hacerme cambiar de opinión.

–Escúchame.

–Te dije que hablaríamos del bebé, y lo haremos.

Siguieron caminando en silencio en dirección al puerto. Había ido hasta allí para cuidar a Lucy y al bebé, y cumplir su deber con ellos, no para que ella pusiera las reglas.

–Puedes dejarme aquí.

–¿Y que sigamos hablando a través de las pantallas de nuestros ordenadores? Creo que no.

–Entonces, ¿qué? Como puedes ver, me las arreglo muy bien sin ti.

–No tienes por qué hacerlo y por eso estoy aquí –estalló Tadj–. ¿Vas a escuchar mi propuesta o no?

–No.

–¿Cómo dices?

–Necesitamos tiempo para reflexionar. Mañana a las once estaré libre.

–Quiero que hablemos ahora –insistió y la tomó del brazo.

–No puedes llevarme a tu yate a la fuerza –protestó Lucy cuando tiró de ella hacia el puerto–. Tengo mi propia vida y soy libre. No, Tadj –dijo tajante.

–¿Tenemos que hacer esto en mitad de la calle?

–No –respondió Lucy en tono razonable–. Mañana nos veremos a las once cuando ambos nos hayamos calmado.

Capítulo 15

AL ABORDAR su yate, Tadj devolvió el saludo a sus oficiales con gesto adusto. Las cosas no habían ido como esperaba. Pero tratándose de Lucy, ¿qué otra cosa esperaba?

Todas las incertidumbres de su pasado volvían a asaltarlo gracias a una mujer que no había hecho nada para merecer su desaprobación. De hecho, más bien todo lo contrario. En vez de quedarse a la espera de que le salvara el pellejo, Lucy había seguido labrándose un futuro para ella y su hijo.

Se quedó pensativo analizando su conciencia, y encontró algunas lagunas. ¿Había sido completamente sincero con ella? ¿Le había contado lo que había estado haciendo? Unas palabras habrían sido suficientes para cambiarlo todo entre ellos. ¿Acaso esperaba que accediera sin rechistar a todo lo que tenía decidido? Impaciente por volver a verla, miró su reloj. La cuenta atrás había empezado.

¿Había ido demasiado lejos rechazando a Tadj? ¿Volvería a verlo? Lucy no podía dejar de dar vueltas a aquellas preguntas mientras se preparaba para la fiesta. Después de todo, era el emir de Qalala, no el hombre que había conocido en la cafetería y que le había seguido el juego. Ambos habían cambiado y no era de extrañar que Tadj hubiera perdido el sentido del humor. En aquel primer encuentro no tenía ni idea del tipo de vida rígido que el gobernante de un poderoso país estaba obligado a llevar. Seguramente se había tomado un tiempo de descanso. Nadie podía acusarlo de desatender Qalala. Tal vea había llegado el momento de que sus súbditos hicieran algo por él. Para empezar, estaría bien permitir que disfrutara de su vida, algo que beneficiaría al país. En opinión de Lucy, nadie esclavo del deber podría nunca dar lo mejor de sí mismo. Le entristecía pensar que Tadj nunca podría amar a quien quisiera ni disfrutar de la misma libertad que ella. Para él, lo primero era su deber para con Qalala, pensó mientras bajaba la escalera y se reunía con sus amigas. Estaban ávidas de saber lo que había pasado cuando había visto a Tadj. No había secretos entre ellas.

—No quería perderme esto, así que hemos quedado mañana.

—¿Has dado calabazas al emir de Qalala por estar con nosotras? —preguntó una de sus amigas.

—No me perdería esto por nada del mundo.

—Lucy, mira cuántos regalos para el bebé —intervino otra—. ¿Podemos empezar a abrirlos?

—No deberíais haberos molestado —dijo Lucy al ver la montaña de paquetes.

—Te lo mereces —terció la señorita Francine—. Siempre estás pendiente de todas y ya es hora de que te lo agradezcamos.

Un coro de exclamaciones acompañó la apertura de cada uno de los regalos, la mayoría hechos a mano. Lucy prefería aquellas muestras de cariño a todos los zafiros del mundo. Si Tadj pudiera darse cuenta...

Nunca había estado tan seguro de algo. Perder a Lucy era impensable. Sería un desastre para los dos y para el bebé. Tenía todas las cualidades que buscaba en una reina. La única sorpresa es que él, con su fama de resolutivo, había estado ciego. La fuerza y la determinación de Lucy la diferenciaban de todas aquellas candidatas a princesa. Con su natural encanto, tenía todo lo que podía desear.

Estaba en la habitación de su yate *Blue Stone* estudiando el zafiro que tenía en la mano. Todo dependía de su siguiente paso. Si trataba de convencerla de algo, se decantaría por lo contrario. Como amante, había demostrado que tenía grandes dotes; como enamorado, sus cualidades eran pésimas. Estaba decidido a que eso cambiara.

Había llegado el momento. Todavía emocionada por la fiesta que sus amigas le habían organizado la noche anterior, Lucy se había despertado antes del amanecer y no había dejado de dar vueltas por su apartamento, inquieta.

Se mordió el labio y miró desde la ventana la silueta del *Blue Stone,* anclado a apenas cien metros. Eran casi las once de la mañana de un día invernal gris y gélido. Por mucho que se abrigara, nada podría proteger su corazón. Amaba a Tadj incondicionalmente, lo que la hacía sentirse aún más vulnerable. Tomó su bolso y revisó el contenido antes de salir de su habitación.

—Os parecerá una estupidez —dijo al verse rodeada por la señorita Francine y sus amigas—, pero estoy muy emocionada ante la idea de volver a verlo.

—No es ninguna estupidez —le aseguró la señorita Francine—. Una mujer enamorada nunca hace estupideces.

—Cada uno busca su propia suerte —dijo dirigiéndose hacia la puerta–, así que será mejor que empiece a buscar la mía.

–No dejes que te pisotee.

–¿Y quién va a proteger al emir? –preguntó la señorita Francine.

Mientras se despedía de sus amigas y salía de la lavandería, Lucy pensó que era imposible protegerse del amor.

Nada más llegar al *Blue Stone*, vio a Tadj en cubierta. El pulso se le disparó, pero cuando bajó corriendo para recibirla, se saludaron con un par de besos en las mejillas. Echaba de menos la fuerza de su pasión y sabía que tal vez nunca más volverían a saborearla.

–Bienvenida a bordo, adelante –dijo el emir de Qalala con voz engolada.

Con gran pesar, Lucy percibió que aquel iba a ser un encuentro formal. Una vez dentro del *Blue Stone*, pareció olvidar la decepción.

–Esto es impresionante. El yate de tu amigo el jeque Khalid me pareció fascinante, pero el tuyo es...

–¿Doblemente fascinante?

–Sí –respondió mirándolo directamente a los ojos.

¿Reconocía un brillo divertido en su mirada? ¿Volvía a ser Tadj?

–¿Estás esperando a alguien? –preguntó Lucy reparando en los centros de flores que adornaban el salón–. ¿O es así como vivís los millonarios?

–Tú también podrías vivir así.

–Creo que ya hemos tenido esta discusión.

–Cierto –convino Tadj y sin más, la atrajo hacia él–. He sido un tonto por haber esperando tanto.

–¿Para hacerme venir a tu yate a la fuerza? –dijo y se estremeció.

Tadj dio un paso atrás. Sabía muy bien lo que estaba haciendo. Todo lo que hacía era intencionado.

–Siéntate –le dijo en un tono que no supo interpretar.

–Mejor no o me quedaré dormida. Ya sabes, el embarazo –explicó y al ver su mueca, rápidamente añadió–: Me canso con facilidad.

–Y supongo que también tienes hambre –presintió–. Luego puedes echarte una siesta.

–No, no voy a quedarme mucho.

Unos discretos golpes en la puerta anunciaron la llegada de un ejército de sirvientes cargados con bandejas de manjares.

Después de comer, la tensión entre ellos se esfumó y empezaron a hablar del futuro de su hijo. Tadj propuso dar la misma importancia a las dos culturas y que ambos pudieran opinar en la toma de decisiones.

–¡Lo que faltaba!

A Lucy le preocupaba que su opinión no se tuviera en cuenta. No podía obviar que, dada la fortuna de Tadj, nunca podría enfrentarse a él en los tribunales.

–No busques problemas. Eres la madre del niño y tus opiniones cuentan. Si estamos de acuerdo, haremos lo que tú digas.

–¿Qué es esto? –preguntó Lucy tomando el documento que le ofrecía.

–Léelo y lo sabrás.

Después de unos minutos, Lucy levantó la vista del papel y lo miró.

–¿Estás renunciando a tus derechos?

–Sí, porque confío en ti –respondió Tadj.

–¿Quiere decir que no asumes tu responsabilidad?

–Todo lo contrario. Tengo pensado participar en la

crianza de nuestro hijo, pero es importante que te sientas segura. Solo tengo una pregunta: ¿confías en mí?

Lucy era consciente de lo difícil que debía de estarle siendo introducir cambios en Qalala, además de en su vida personal.

–Sí, confío en ti. Estoy dispuesta a poner mi vida en tus manos y también la de nuestro hijo.

–Entonces, tengo algo que decir –dijo muy serio, recuperando la formalidad del emir de Qalala.

–¿Puedes contármelo después de echarme una siesta?

–No sé si podré esperar.

–Puedes acompañarme.

–Si eso es lo que quieres...

–Sí, es lo que quiero –dijo Lucy recogiendo su bolso y su abrigo–. ¿Podemos compartir la cama?

Tadj le dirigió una mirada que noqueó sus sentidos.

El hombre del que se había enamorado había regresado.

–¿Qué era eso que querías decirme? –preguntó ella mientras salían del salón.

–Puede esperar –respondió y, tomándola de la mano, la llevó hasta su suite.

Apenas había cerrado la puerta, la tomó en sus brazos y la besó.

–Cásate conmigo.

–¿Hablas en serio? –dijo sorprendida.

–¿Qué crees que es esto? –preguntó, empujándola hacia la cama.

–¿La prueba de que te alegras de verme?

–¿Puedes ponerte seria un momento?

–Si es necesario...

–Cásate conmigo y todo esto será tuyo.

–Solo te quiero a ti.

Pero Tadj no pareció oírla.

–El *Blue Stone* es solo una de las posesiones que tengo por todo el mundo. Elige la que prefieras.

Solo lo quería a él, el resto era innecesario. Aquellos lujos eran más propios de princesas que de una madre trabajadora sin tiempo libre para disfrutar de ellos.

–Lo siento, no puedo casarme contigo. Ambos sabemos que no aporto nada a Qalala.

–Aportas mucho –protestó Tadj–. Tienes todo lo que siempre he querido y lo que Qalala necesita –dijo tomando su rostro entre las manos–. Quiero llevar la modernidad a mi país y contigo a mi lado me será más fácil.

–Pero casarnos es ir demasiado lejos. No tienes que sentir lástima por mí.

–¿Lástima por ti? Sé muy bien de lo que eres capaz y por eso te estoy pidiendo que seas mi esposa.

Lucy sacudió la cabeza.

–Te quiero demasiado como para que lo sacrifiques todo por mí.

–No tengo por qué hacerlo. Con que me ames, es suficiente.

Tadj continuó explicándole cómo había modificado la constitución de Qalala para permitir que el emir se casara con la mujer que eligiera en vez de tomar a una esposa elegida por un comité.

–¿Me quieres?

–Más que a mi vida –admitió Lucy con su acostumbrada franqueza.

–Entonces, ¿te casas conmigo? –insistió Tadj mirándola a los ojos.

La tensión desapareció y ambos rieron.

–Discúlpeme, *milady* –continuó él y puso una rodilla en el suelo–. Como nuestra unión ha sido concertada, supongo que debería pediros matrimonio formalmente.

–¿Qué? –saltó Lucy–. Si nuestro matrimonio ha sido concertado, será mejor que deshagamos el acuerdo.

–¿Y permitir que nuestro hijo se crie fuera del matrimonio? Entenderás que no pueda permitirlo.

–No veo que importa eso. Nuestro hijo será criado con amor, ¿qué más hace falta? Un niño necesita sentirse querido, seguro y feliz. ¿Crees que un trozo de papel importa?

–Ese niño es hijo de un emir y todo el mundo estará pendiente de él.

–Cierto, pero podías haberme dicho antes que estabas organizando nuestra boda.

–¿Ahora quieres que sea paciente?

–No, pero me gustaría que contaras conmigo para todo. Me lo acabas de prometer.

Debería haber hecho las cosas de otra manera, pero fuera cual fuese su respuesta, siempre podría contar con él.

–Esto es lo mejor. ¿Cómo iba a proponerte matrimonio estando en la otra punta del mundo?

–¿Así que lo que te preocupa son las apariencias, no? Y yo que pensaba que estabas enamorado y que estabas siendo romántico.

–Estoy siendo romántico. ¿Acaso no nos merecemos ser felices?

–La felicidad hay que ganársela.

–Puedes hacerte la mártir todo lo que quieras, pero no esperes de mí lo mismo.

Lucy se lanzó a él y empezó a arrancarle la ropa.

–Con cuidado, no olvides tu estado –dijo Tadj, mientras ella se afanaba en desnudarlo.

–No se me ha olvidado.

El embarazo había disparado su libido y estaba ávida por alcanzar el placer.

–No, aquí no –dijo Tadj y, tomándola en brazos, la llevó hasta la cama–. ¿Por dónde íbamos?

La desnudó, la tomó de las nalgas con sus grandes manos y se hundió en ella con sumo cuidado. Una embestida fue suficiente para llevarla al límite y gritó de placer mientras su cuerpo se sacudía al ritmo de los movimientos de Tadj.

–Bueno, ¿y qué contestas a mi proposición? –preguntó una vez la vio más calmada.

–No ha cambiado. Tu sitio está en Qalala y el mío aquí, en cuanto me mude.

–¿Mudarte? ¿Adónde?

La soltó y le hizo darse la vuelta. Se quedaron mirándose a los ojos, hasta que algo cambió en la mirada de Tadj. ¿Habría aceptado por fin el abismo que los separaba?

De nuevo la tomó en brazos, la llevó al baño y se desnudó del todo antes de meterse bajo la ducha.

–Necesito una respuesta, Lucy.

Se había quedado sin palabras ante aquel cuerpo magnífico.

–Voy a mudarme del estudio –dijo al cabo de unos segundos–. He encontrado una casa pequeña y...

Tadj la interrumpió, volviéndola hacia la pared. Luego le separó las piernas y se aseguró de que aquella fuera la mejor ducha de la que hubiera disfrutado jamás.

Capítulo 16

U N BUEN rato más tarde, tendidos en la cama
abrazados, Lucy se volvió hacia él.

—A pesar de los cambios en la Constitución de
Qalala que me has contado, no puedo casarme contigo.

—¿Por qué?

—No estoy preparada para ser la esposa de un emir.

—Siento no estar de acuerdo. Yo diría que estás más
que preparada. Además, no es propio de ti darte por
vencida tanta fácilmente.

—No quiero hacer algo que pueda hacerte daño.

—El daño me lo harás si no te casas conmigo. ¿Con
qué otra persona iba a discutir?

Antes de que pudiera contestar, se colocó sobre
ella y le sujetó las manos por encima de la cabeza.

—Lo eres todo para mí. Me retas y lo necesito. Haces que vea nuevas posibilidades para Qalala. El país
te necesita a ti más que a mi dinero.

—Deja de ofrecerme castillos y casas de campo. Lo
único que quiero es tu corazón.

—Lo tienes. Mi gente necesita amor y tú se lo das.

—¿Cómo se lo doy?

—Siendo tú misma. Haces que la gente sea feliz. Te
he visto en acción, ¿recuerdas?

—¿En la fiesta de las montañas?

—En todas partes. La gente confía en ti, y yo también —admitió Tadj.

–¿Y es así como pretendes convencerme? –dijo Lucy sintiendo el roce de su barba en el cuello.

–Sí.

Y sin dar muestras de cansancio o de remordimiento, volvió a hacerla suya.

Un rato más tarde, sintiéndose satisfecha a la vez que agotada e incapaz de moverse, Tadj volvió a pedirle que se casara con él.

–No he cambiado de opinión. Tus argumentos de modernizar Qalala y formar una familia juntos son buenos, pero...

–Pero nada. Estamos hechos el uno para el otro y si quieres que te lo demuestre otra vez...

–¿No estás cansado?

–¿Debería estarlo? –preguntó y la atrajo entre sus brazos–. Ahora me toca a mí hablar. Ninguno de los dos ha estado ocioso en el tiempo en que hemos estado separados, y he elegido esposa.

–¿Puedo decir algo o es una orden, Majestad?

–Bueno, no es una simple petición –admitió Tadj.

–Imaginaba que no –convino Lucy–. Sería algo extraño en ti. Pero voy a poner una condición.

–¿Cuál?

–Organizar la boda.

–Concedido –dijo Tadj y se quedó mirándola–. Debo advertirte que vas a iniciar una vida entregada al deber.

–Y al amor. En este instante, mi corazón está a punto de estallar.

–No te pido nada más.

–¿Vas a casarte conmigo por amor?

–¿Me estás haciendo una proposición? –preguntó Tadj y ladeó la cabeza, divertido.

–Tal vez...

–Tengo algo para ti –dijo después de besarla.

–Qué coincidencia, yo también tengo algo para ti.

–Enséñame qué es.

Lucy se levantó de la cama, se envolvió en una manta y atravesó el dormitorio hasta el camarote donde Tadj había dejado su bolso.

–¿Qué es esto? –preguntó él cuando volvió y le entregó un sobre.

–Ábrelo.

Tadj se quedó de piedra al reconocer la importancia de la imagen en blanco y negro que tenía en la mano.

–Es tu bebé, nuestro bebé.

–Esta será la única vez que me veas llorar –le aseguró.

–¿Estás contento? –preguntó Lucy volviendo a la cama.

–Deberías haberme avisado.

–Creo que nunca se está preparado para algo así.

–Me has hecho el hombre más feliz de la tierra –dijo cuando por fin pudo levantar la vista de la imagen–. Lo que tengo para ti no es nada comparado con esto.

Abrió un cajón de la mesilla y sacó un pequeño estuche de terciopelo.

Lucy protestó, imaginando lo que sería.

–Pero no necesito nada más teniéndote a ti y a nuestro hijo.

–Es mucho más de lo que imaginabas cuando entraste ese día en la cafetería, ¿verdad?

El corazón de Lucy se desbordó de amor al ver a Tadj absorto en la imagen de la ecografía. Al cabo de unos segundos, la dejó en la mesilla y tomó a Lucy en sus brazos.

–Creo que ambos encontramos mucho más de lo que esperábamos aquel día.

Y así seguiría siendo a partir de aquel momento, pensó Lucy mientras Tadj volvía a besarla.

–No, de ninguna manera puedo aceptar esto –protestó Lucy unas horas más tarde.

Después de ducharse y vestirse, estaban contemplando la estampa invernal del puerto. Tadj acababa de ponerle un anillo espectacular en el dedo.

–Tienes que hacerlo. Si no, pensará que los zafiros de Qalala no son lo suficientemente buenos para mi prometida.

Lucy se quedó contemplando el anillo de zafiro y diamantes.

–No, no puedo –insistió–. Este anillo es la pieza central de la colección itinerante. Recuerda que la inauguración de la exposición será en Londres, el día de los enamorados.

–Ha sido una magnífica elección escoger este anillo de zafiro y diamantes como la pieza clave de la colección.

–No pareces sorprendido –comentó Lucy.

–No lo estoy. Qué casualidad que mi joyero te pidiera que te lo probaras, ¿no te parece?

–Tú...

–Tengo intención de ir un paso por delante de ti –dijo esbozando una sonrisa maliciosa.

–Y espero que lo disfrutes –intervino Lucy–. Pero insisto, el anillo se queda en la colección. No voy a cambiar de opinión.

–Diseñé el anillo pensando en ti. No hay ninguno igual en el mundo. Elegiremos otro para la exposición, uno más grande y llamativo, con forma de corazón, para celebrar el día de san Valentín.

–Lo tenías todo pensado, ¿verdad?

–Me confieso culpable –replicó él encogiéndose de hombros.

–¿Va a ser siempre así? –preguntó Lucy frunciendo el ceño.

–Espero que sí.

Tadj esbozó la más irresistible de las sonrisas.

–Tengo que mantener la calma.

–Espero que no la ropa –dijo y tomándola en brazos, la llevó al dormitorio.

Epílogo

LA PRIMERA boda de Lucy y Tadj había sido una ceremonia íntima y sencilla en King's Dock a bordo del *Blue Stone*. Habían pospuesto la celebración hasta los cálidos días de primavera para que todos sus allegados pudieran asistir, y todo había salido como Lucy esperaba. La señorita Francine había desempeñado un importante papel en la ceremonia como dama de honor y había sido escoltada hasta el altar por Abdullah.

En aquella primera boda, la señorita Francine había opinado que el vestido de Lucy era demasiado sencillo, muy diferente al que llevaba puesto en aquel momento para la gran ceremonia multitudinaria en Qalala. La dama de honor más joven era la princesa Charlotte, conocida como Lottie. Había nacido el día de Navidad en presencia de Tadj, que había resultado ser un padre muy impaciente.

Las calles de Qalala estaban repletas de súbditos y muchos turistas llegados de todos los rincones del mundo. ¿Quién querría perderse una boda tan glamurosa?

Lucy sonrió, pensando en Tadj. Apenas quedaban diez minutos para encontrarse con él.

–¿Qué estás haciendo aquí? –preguntó al verlo por el espejo.

Tadj pidió a todos que salieran de la habitación y abrazó a su esposa.

—No me harás esperar, ¿verdad?

—No —contestó, admirando lo guapo que estaba con la túnica tradicional.

—No deberías ser tan guapa —comentó, estrechándola entre sus brazos—. ¿Cómo voy a poder resistirme?

—No puedes —contestó desafiante—. ¿Qué es esto? —preguntó tomando los documentos que le ofrecía.

—Tu siguiente encargo. Quiero que sigas trabajando. Unos amigos están celosos de mi exposición y me han pedido que les organices una parecida. Vas a estar muy ocupada, aunque no demasiado para no poder...

—¡Tadj! —exclamó, adivinando sus intenciones—. ¿Vestida de novia y con una tiara?

—¿Por qué no? Pero intenta no moverte o se te caerá la corona.

—Espero que estés bromeando.

—¿Bromeando cuando hago el amor a mi esposa?

Un rato más tarde, Lucy se dio una ducha rápida y, antes de salir de la habitación, Tadj la ayudó a ponerse el fabuloso vestido que le había comprado en París en uno de sus viajes.

—Estás muy guapa —dijo emocionada la madre de Lucy, echándose hacia atrás para contemplar a su hija.

—Más que guapa —añadió la señorita Francine.

Tadj solo podía dar la razón a aquellos comentarios y, al ver a Lucy avanzando por el pasillo del brazo de su madre, supo sin ninguna duda que era el hombre más afortunado del mundo.

—Parece que fue ayer cuando estábamos sentados en una mesa de fornica, frente a frente, gastándonos bromas —recordó Lucy una vez a solas en las dependencias de Tadj del palacio real.

—¿Qué ha cambiado? —dijo, estrechándola contra

él–. Todo esto... –añadió mirando a su alrededor–, no es más que la guinda del pastel.

–¿Quieres que te pida un café para el pastel? –preguntó Lucy, vestida con un corsé de encaje, medias de seda y zapatos de tacón de raso blanco.

–¿Por qué perder el tiempo? –preguntó Tadj mientras ella acababa de quitarse aquellas prendas.

Había ocasiones en las que le gustaba imponer su autoridad, pero en otras, prefería dejar que fuera él el que llevara la iniciativa. Aquel era uno de esos momentos.

–Te quiero –susurró Tadj un rato más tarde, acurrucados en la cama.

–Yo también te quiero –replicó mirándolo a los ojos.

–Para siempre. Mi esposa.

–Mi marido.

–Mi mundo.

Bianca

**La rendición de una inocente…
¡y su consecuencia irreparable!**

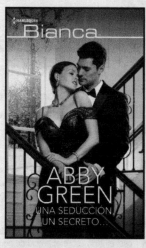

UNA SEDUCCIÓN, UN SECRETO…

Abby Green

Con el fin de espiar el talento para la decoración de la inocente Edie Munroe, el siniestro argentino, Seb Rivas, le hizo una irresistible oferta de trabajo: pasar las fiestas navideñas decorando su opulenta vivienda, sin reparar en gastos. El deseo mutuo prendió con ardor, y Edie se convirtió en el sensual regalo de Navidad que Seb se moría por desenvolver. Pero, al tomar su inocencia, ninguno de los dos fue consciente de que la abrumadora pasión podría tener unas consecuencias tan impactantes.